⑫ 怪异雨师神

四海为仙

管平潮 ◎ 著

浙江文艺出版社
Zhejiang Literature & Art Publishing House

目录

第一章
饰语费猜，谁带春星踏莓

弥漫在雨林上空的乌云，在气候多变的南海中倒不算少见。只是，这片乌云凝聚已久，却迟迟不见下雨，蒸腾涌动的灰暗云气中，倒有一丝不易察觉的白色雾气慢慢朝下方延展，小心翼翼地慢慢探入绿叶婆娑的雨林之中。

水雾迷漫之时，云气雾霾遮蔽了海岛上空所有的阳光，让浓密的雨林显得更加闷热。

过了大约半晌工夫，雨林上空云阵依旧，只是那缕白雾已经全部没入绿林之中。待一缕洁白的余雾刚刚消失在树梢枝头，蒸蒸腾腾的云霾却倏然落地，化作一个白袍男子。

落地现形，化雾而来的奇异怪客东张西望，神色凝重，似乎在忙着寻找什么。

"奇怪！"忙活了一阵，风度翩翩秀眉明目的俊美神人满脸惊讶之色，心中怪道，"怎么回事？那琼容姑娘明明就该在这里，怎么现时气息全无？"

原来，小心前来的白袍神人，正是冥雨之乡的龙神部将骏台公子。

先前他跟水侯孟章夸下海口，这些天里便一直隐藏在遥远的南天，运用全部的神力窥测四渎这边的动静。

此事他筹划已久,只等觅得良机,便伺机行动,一举倾力将关系张小言福运命数的小姑娘诱来,彻底扭转四渎玄灵气贯长虹的运数。

窥探数日,努力观察小姑娘出没的规律,这一日终于让他等到良机。通过南海上空的云气,骏台感应到今日琼容又落了单,和昨天一样孤身一人来到这个远离四渎大本营的洲岛雨林中休憩。

见得这样的良机,骏台赶紧小心地乘云化雾而来,准备使尽浑身解数,将"遇人不淑"的无辜女孩救离苦海。

在这位龙神雨师心目中,纯净天真的小姑娘纯粹就是不幸遭人哄骗,并不知自己身处水深火热之中,既是如此,他骏台自然要挺身而出,不惜一切代价将她救出火海!

只是,让乘兴而来的骏台有些奇怪的是,明明自己此前早已探测明白,琼容小姑娘现在应该就在附近,但不管他如何运用神机,却始终探不出那缕自己已经十分熟悉的气息。

这样折腾了好一阵,仍一无所获,本来信心十足的骏台白玉额头上便不免冒出好几滴汗水。

"嗯,无须急躁。应该就在附近!"骏台一边提醒着自己不可焦急,一边继续耐心寻找。

等飘然跨过一段横躺在地上的巨木,骏台立定下来,深吸了一口气,然后屏住呼吸,仔细聆听周围细微的风声叶响,看看有没有什么蛛丝马迹。

环顾四方小心观察之时,容貌俊美的冥雨乡主还不忘时不时望望身边的凤梨花叶。这些雨林奇花螺旋形的绿叶里蓄着的水潭,犹如一块块明亮的水镜,他正可对着它们左顾右盼,时时检查自己的服饰发型有没有走形。

又细心寻找了一会儿,到最后几乎快要放下身段去拨草寻人了,骏台却还是一无所得。

行行走走,忙忙碌碌,不知不觉中已是小半个时辰过去。

到得这时,深入敌后的南海龙将不免有些焦躁,踏在草丛湿苔中,只觉得自己身边的雨林变得更加燠热憋闷,颇为难熬。

原本雨林间还有一些风,此时却踪迹全无,随着他一步步深入,身边的林木变得越来越密集,四下里也越来越像一个密不透风的火炉。

郁闷憋气之时,脚下身畔那些花花草草枝枝叶叶,也开始跟他作起对来,一路行走时常常有粗大的枝丫突然出现在眼前,好几次他都险些撞到头,脚下绊到的青苔树筋更是不计其数,弄得他一路磕磕绊绊,十分狼狈。

面对这样的局面,原本盛气而来的冥雨乡主,变得有些哭笑不得。

又踉跄走了一时,在一片稍微稀疏些的林木中停下,骏台忽然发觉自己此刻竟已是汗水湿衣,那件精心挑选出来的白色云袍不时粘在自己后背上,十分难受。

发现自己出师不利,雨师神将不由笑自己作茧自缚。自己催生的雷雨前的闷热天气,最后竟还要他自己承受。

“罢了。”

一阵胡思乱想之后,骏台忽觉身上汗气盈鼻,再也忍耐不住,走到林间空地伸出手掌,翻手为云,覆手为雨,转眼就在自己身旁方圆两丈内下起一场大雨。

眨眼之后,周围便雨如瓢泼,耳中净是雨打林叶之声。

“痛快!”

大雨之中,骏台仰天无声而笑,十分快意!

正当汗湿重衣的雨师神将在自己招来的大雨中有些忘乎所以时,忽然有个声音从他背后响起:“这位大叔,是你吗?”

"呃?!"

冷不防听到人说话,骏台被吓了一跳,猛一转身,只见一片风雨飘摇的旱莲巨叶中,正有一张粉玉般的小脸冉冉升起,须臾之后便见一个粉妆玉琢般的小姑娘立在田田荷叶中,微微仰着小脸,朝这边嫩声嫩气地问道:"这位大叔,刚才是你泼的水吗?"

是啊,"粉妆玉琢"这词形容得多好!说什么"翠眉未画自生娇,玉靥含嗔还似笑",一个"粉妆玉琢"便道尽了这个女孩所有的容貌神髓!

那些刚刚淋下的晶莹雨滴缀在琼容粉靥上青丝边,如清晨璀璨的凝露滚动在夏日初绽的香荷之上,娇艳欲滴!

面对翠叶碧荷,粉妆玉琢的小姑娘,骏台一时间竟失了神。

"……"

就在骏台失神之际,被骏台在心里赞叹之人却毫不知情,只是一脸迷惑。

"这位大叔真的好奇怪啊,问他话他不回答,还一脸呆愣!"

看着骏台呆愣的模样,琼容不禁大为后悔:"呜!刚才应该藏着不出来的……"

原来骏台潜进这片雨林,刚一着地,酣睡中的琼容就已被惊醒。

当时她猛然醒来,伸鼻嗅了嗅不速之客的气味,总觉得有些古怪,便立即乖觉地屏住呼吸,不让怪人发现。

只是,忍耐了好久,这个奇怪的访客不但不离开,竟然还跑过来,伸手在她头顶浇了好大一阵雨。猝不及防,那些黄豆大的雨水从头顶莲叶中被抠挖的那两个小洞中灌进来,直淋得她满头满脸都是!如此一来,她便再也按捺不住,立即从莲叶掩盖的青石上坐起来跳下,想问清楚这个大叔为何如此无礼,竟无缘无故泼水,比她还调皮!

因此，虽然见骏台此刻如同呆傻，小丫头暗自后悔了一阵后，还是仰着小脸打破砂锅问到底："这位大叔，刚才是你泼的水吗？浇得我满脸都是！"

"这……"

等琼容再次出声，冥雨乡主才如梦初醒，待听清楚琼容的问话，俊朗的雨师有些尴尬，一时竟不知道该如何回话。

一阵嗫嚅之后，骏台权衡了一下，只得支吾着回答："呃……这个小姑娘，刚才并非是我泼水，我想应该是下雨了吧？"

答话之时，骏台赶紧暗中施法，把那已经转小的阵雨赶紧停掉。

"是下雨才怪。"听了骏台之言，琼容心中暗想道，"这个大叔不老实！"

琼容正自腹诽，却听骏台又叫她："小妹妹啊，如果可以的话，能不能叫我大哥哥？大哥哥我虽然年纪不小，但看起来也不是很显老！"

一向以容貌自诩的千年神将，说起这个请求时是一脸郁闷。

"好吧。"琼容闻言，勉强答应一声便道，"那大哥哥，如果没什么事的话，琼容就想告——"

"琼容小妹妹！"

琼容想要告辞赶紧回去，话还没说完，却忽见眼前这个大哥哥突然整了整衣袍，飞快转过身去，两手别在身后，昂首挺胸地朝天唤了声她的名字。

"咦？"

见这情形，琼容一时没反应过来，赶紧顺着骏台目光所视方向看去，却并没看见自己在那里。

"我在这里呀！"

低头看看自己，琼容立时恍然，赶紧提醒这个怪哥哥看仔细。

谁知道就在此时，她却听到一个陌生的声音在自己身边蓦然响起："琼容小妹妹，你先别忙，且听我骏台一言！"

骏台脸色凝重,语调缥缈却深沉,如同完全变了个人。

只听他说道:"琼容,你知道为什么春天花会开?你知道为什么冬天会有雪?你知道为什么云后会有雨,雨后又有虹霓?你知道为什么日月从东方升起,又在西边落下?为什么中土大地春去秋来,四季轮回?你知道为什么……"

这一连串的问题,如云边的闷雷般轰隆隆不断传来,显得高远而沉实,在浑厚的嗓音轰鸣声中,那个唯一的听众除了开始时被吓了一跳外,之后一直目瞪口呆,满脸愕然!

"呀……"好不容易等到骏台轰然的话语终于有了个停顿的间隙,目瞪口呆的小姑娘赶紧插话,飞快说道,"大哥哥你说的这些,我都知道呀!这些都是因为自然呀,自然而然,就是那样呀!"

"自然而然——"听到琼容的回答,满脸圣洁光辉的冥雨乡主施施然转身,继续用浑厚的嗓音回答,"嗯,自然而然,这话对,也不对。自然者,自然而然,其实只是见其然而不知其所以然。琼容小妹妹你可知道,这世上所有的一切,包括我们自己在内,都有各自存在的理由。"

"是吗……"

小姑娘听得似懂非懂,雨师神便耐心解释:"是的,我们所处的天地之中,绝没有什么无缘无故的东西。比如你可曾想过,为什么闪电之后会有雷声?天有雷霆,是因为电闪之时,阴阳相激,感而成——"

雨师将口中那个"雷"字还没出口,却忽见琼容又是雀跃插话,快活说道:"闪电之后会打雷,这原因我知道呀!"

"呃?你知道?"

"是啊,那是因为闪电能把旁边的空气烧得很热,一下子炸开来就像爆竹一样!"

"呵！是吗……"

听到琼容这个解释，一向只知"阴阳相激，感而成雷"这样大而化之道理的冥雨乡主，觉得颇为新奇，心念微动之下，便偷偷用手朝身后遽然劈出一道火苗，焰苗极细极炽，想试试是不是真的和琼容说的一样。

谁知才一施法，便听身后轰隆一声闷响。生效速度如此迅速，倒真把骏台吓了一跳！

直等定了定神，他才想起来问道："这道理……谁教你的？"

这样高明的义理，自然不可能是这样童稚天真的小姑娘自己琢磨出来的，骏台心中一时对教她之人十分好奇。

果不其然，刚刚问毕便听琼容应声回答："这是小言哥哥教我的！他——"

"呃！我知道了！"

见自己不小心问出这话，竟让琼容喜形于色地说起小言，骏台顿时神情一室，心中暗悔，赶忙转移话题："是啊，琼容你看，但凡世上之事都有道理，绝没有什么无缘无故的死心塌地。凡事细细想来，便觉得十分有趣。"

说到这里，白衣胜雪的雨师公子俯下身去，和颜悦色地说道："其实，琼容你不知道，你骏台哥哥还知道很多更有趣的故事义理。不如，你这就跟我回去，到哥哥南边的家中做客，我们一起慢慢研究探讨！"

说出这个邀请之时，温文的公子彬彬有礼，显得无比真诚。

就在骏台信心十足地等待琼容答应之时，小女孩忽然开口问道："骏台哥哥，那你家住在南边的哪儿呀？"

"在……在冥雨之乡。你听说过吗？"

骏台迟疑了一下，最终还是说了实话。毕竟，这回他本来就准备用自己有口皆碑的风采博识劝导小姑娘弃暗投明，追随自己而去，因此自己只须真

诚相待,实在不需矫言隐瞒。

只是,听得骏台这样回答,琼容却忽然沉默下来,心中变得既沮丧又气愤:"呜,遇到坏人了。冥雨之乡,不就是南海那个坏水侯手下占的地方?哼!这些堂主哥哥都告诉过我,不要把我当白痴!"

琼容正立在碧荷之间暗地气愤,却听冥雨乡主又开口说话:"好吧,既然琼容妹妹一时没想好,那我们接着再说会儿话吧!"

之所以用这样的缓和之辞,自然是因为骏台察言观色,见琼容默然无语,便猜她应该还是举棋不定。见这样,骏台便准备跟她继续畅谈,再稍微多花点工夫将她引到冥雨之乡去。

以南海冥雨乡主往日坐揽云涛、在冥雨乡中面对千百仙友坐而论道的气派,今日单独面对涉世未深的小姑娘,想来只要自己再耐心点,多聊几句,叫她追随自己而去,还不是手到擒来?

骏台已打定主意,今日无论如何,必须将女孩带回去。现在南海战事已然吃紧,几日前听得战报,说是突然崛起的少年忽在鬼方西南的南海万军丛中斩杀一名兽神,据说前后只费举手之劳。

虽然他骏台从来都知道,那次统军的主帅祸斗神一向志大才疏,不知出于什么念头轻率撤军后,在水侯面前陈情时不免会对战事夸大其词,只是无论如何,那名列吞鬼十二兽神之四的青羊确实被斩身亡,头颅也被鬼方得去。

这样一来,自然再次证明张姓小子鸿运当头。如果自己再不将眼前这位和他命理紧密相连的小姑娘尽快解决,则日后必然会造成更加难以收拾的恶果。

于是,在这片雨后的绿林碧荷间,丰神如玉的骏台依旧耐心地谆谆诱导,侃侃而谈,他对面怔然站立的小姑娘,一双明如春水、灿若天星的眸目却不住地一闪一闪,不知是否被温润如玉的雨师公子渐渐打动了……

这时,就在二人附近,也不知是否被刚才骏台随手发出的闷雷惊动,有几只白色的林鸟正在绿林中一路飞腾,扑簌簌朝远方而去,飞入辽阔天空中。

第二章
关心则乱，失言弄巧成拙

"遇到这样的事，姐姐们会怎么做呢？"

就在骏台一脸和善地继续耐心劝导时，表面不动声色的琼容赶紧飞速开动脑筋，开始努力想起对策来。

小姑娘想道："要是遇到坏人的话，雪宜姐姐一定会先禀告堂主哥哥，然后毫不留情地施法术，将坏人冻成冰棍！说不准，还会先打那人一巴掌！"

骏台喋喋不休，琼容歪着脑袋自个儿想象着各种可能的场景：

"如果是灵漪儿姐姐呢？嗯，如果是灵漪儿姐姐，一定会手叉腰，大声命令坏蛋不许那么坏；如果不听，灵漪儿姐姐就会暗地跟踪他，看他还怎么使坏！

"魔女姐姐呢？她……嘻！大概也会一样做坏事吧？如果做不来，会叫她手下的叔叔伯伯们帮她一起陷害坏蛋吧？

"如果换了小盈姐姐……咦？"

想到小盈这位轻盈淑婉的公主姐姐，琼容忽觉脑筋一时有些卡壳，悄悄晃了晃脑袋，略去记不清的小盈姐姐，琼容又将这几个她习惯模仿参照的姐姐挨个想了一遍。不知为什么，她那小心眼儿里总隐隐觉得有些不妥。

"呜！早知道今天就不出来午睡了！"

半天都理不出头绪,小姑娘心下正十分后悔,觉得自己今天十分倒霉!

正当琼容郁闷之时,骏台仍是精神抖擞,不厌其烦地大谈人生哲理。先前虽有小挫,他却毫不介意,反而在心中责怪自己:"嘿,也是我心急。这小妹妹岂是等闲之辈?不是三言两语就说得动的。"

于是,骏台愈挫愈勇,施尽浑身解数,舌绽莲花,口若悬河,务求要将琼容说服!

虽然骏台立意不惜时间、精力,但前后只不过一刻工夫,游说之事便有了变故。

话说满心郁闷一脸晦气的琼容刚刚把悠悠神思束拢回,集中精神想听听这位南海来的公子到底在说啥,恰听到骏台一脸温柔地说:"妹妹——"

这时骏台已变了称呼,一口一个"妹妹":"妹妹啊,就和骏台哥哥刚才说的那些自然物理一个样,我们这些神灵人物来到这世上,也都有各自的来历和目的。"

骏台又回到刚开始的话题:"就拿哥哥来说,我这海天之南的冥雨神将,前身是南海大洋中的风云雨浪,古往今来历经千万年日月变化,渐凝魂魄,渐聚精灵,最后才在两千多年前成就神形。妹妹你别看哥哥我现在只像个白面书生,其实却是南海风潮中最受人景仰的云雨造化之神。

"妹妹啊,哥哥都把自己的身世说给你听了,你能否也告诉哥哥你的来历呢?"

骏台有此一问,正是因为他想将清来龙去脉,从琼容身世入手说服她追随自己而去。

只是,他千算万算,有一点却算漏了,那就是无心机的纯真女孩,这些天里常做噩梦,总好像自己还有什么其他来历,让她十分害怕,这种感觉,就像冥冥中不知触动了什么说不清道不明的神秘机关。现在琼容对自己和小言哥哥的关系正十分敏感,总害怕哪一天两人就要永远分离,因此,娇憨的小姑娘这会儿一听骏台问到自己的来历,正如触动心病,霎时变得更加不高兴。于是,等骏台问过,天真的小姑娘并没有和往常一样跟人兴高采烈说起自己小时候在罗阳山山野中的经历,而是黑了小脸,简单回答一句:"不知道!"

"啊?"

骏台正兴致勃勃,忽被琼容一呛,除了略有些吃惊之外并不气馁,依旧一脸灿烂笑颜,继续和蔼搭话:"好好,妹妹不知道自己的来历不要紧,可是,我们来到这世上,总该知道自己的去处吧?"

望着眼前似乎正侧耳用心聆听的小妹妹,骏台十分诚恳地袒露心迹:"妹妹,比如我,自当年脱了混沌,离了懵懂,见识到这世上五色缤纷许多繁华乐事,便暗下决心,决心跟随我主呼风唤雨之余,潜心礼乐之事,立志要穷究宫商,研出五音之后蕴含的天地至理玄机。你看,连哥哥都有这样的志向,那琼容妹妹你也该知道自己将来要做啥。"

一言说罢,望了一眼琼容,见她依旧沉默不语,骏台想了想又添了一句:"妹妹啊,难道你一辈子都要跟在那个粗鄙无文的堂主身边,随着他出生入死,担惊受怕,就这样了此一生?你这样大好青春,天生地养,有没有想过自己究竟为何要来到这世间?"

"我……"听到这问语,原本一腔怨气的小姑娘却忽然愣住了。

刚才的问话里,琼容并没听懂"粗鄙无文"的含义,几度嗫嚅,静静待了一阵之后,她那对晶亮的眸子中已蒙上一层烟雨般的水雾,瞧上去正是一片朦胧。

就这样恍恍惚惚,晕晕乎乎,出了好一阵子神后小姑娘才突然出声,茫然地喃喃自语:"琼容……为什么要来到这世上……"

茫然自语后又沉默了半晌，正当骏台想要打破眼前的静寂时，小姑娘迷蒙双眸中已雾散重明，忽然开口坚定说道："琼容来到这世上，只是为了当小言哥哥的好妹妹啊！"

"哈?!"听得这样的真切话语，饶是骏台公子再有心理准备，此刻也如同吃了口苦瓜一样，一时整个脸都皱了起来！

"小妹妹！你怎么能这么想呢？"

正所谓"爱之深责之切"，短暂见面后已被小姑娘深深吸引的雨师公子，闻言后又惊又怒："琼容！什么小言哥哥？什么只是为了当好妹妹?！琼容你这一辈了，怎么会只为别人而活？我们来到这世上，首先是做自己，绝无其他任何一人对你来说缺不得！"

急切之时，绕口令般的话语骏台说得却如同爆豆般噼噼啪啪，一说到底毫无阻滞！

不知是否被琼容这个不可思议的想法刺激到了，原本温文尔雅的雨师公子说到激动之处，不知忽然想到何事，竟一时完全抛却礼仪，猛地踏前一步俯身探臂，一把抓住琼容双肩，双目直视她高声叫道："是不是张小言？是不是张小言给你下了邪术?！"

此刻骏台的俊美面容变得有几分狰狞："好妹妹，你不要怕！哥哥我精通术法，哪怕就是费上千年万年，也要帮你驱除惑人的阴术邪法！"

说话之时，不知不觉激动的雨师公子便摇动双臂，将琼容柔嫩双肩使劲摇晃。也难怪雨师公子激动，所谓关心则乱，开始时没听到琼容这些话，还没太想到这茬，现在亲耳听小姑娘说出如此让自己奇怪费解的话，机敏睿智的雨师神立即便联想到一些可怕的事实：小姑娘口中的那个"小言哥哥"，智谋如渊、神力如海的上古神猿被他杀害，心性狠厉、噬鬼如豆的兽神青羊也被他杀害，桀骜不驯、四分五裂的岭南妖族被他收纳，名扬四海、目无余子的四渎龙女逃婚后投奔的竟然也是他——如此的"小言哥哥"啊！

灵光一闪，想起这一连串"事迹"，冥雨乡主忽然如癫若狂。失态之余，骏台却在心底一阵苦笑，笑自己平素空有智慧之名，却直到这时才想通其中关窍。

只听他连珠般急速问道："你说，快说，他平时都对你做过什么？每天喂你吃什么食物？有没有逼你练什么奇怪功法？你快说！"

骏台一边竹筒倒豆般连声质问，一边将琼容双肩晃得更加厉害，此时他双臂中的小姑娘已如风波中一叶小舟，看着原本温文尔雅的公子目瞪口呆。

骏台急切的话语还没结束："小妹妹你听我说！你那个哥哥绝不是好人！张小言，他阴险狡诈、凶狠毒辣、卑鄙无耻、下流狡猾！琼容你一定要相信我！张小言他——咳咳！"

骏台咬牙切齿地骂出一连串话之后，忽然看到小姑娘怔忡的眼神中猛然充满惊悟，赶紧和缓了语调，重新谆谆教诲："妹妹啊，你年纪还小，恐怕没听过这么一句话，那就是'试玉要烧三日满，识人须待十年期'，你现在和他才认识多——"

"久"字还没出口，却听得面前的小姑娘大叫一声："坏蛋！"

到这时，琼容终于反应过来了："原来这人是在骂哥哥！"

一直暗暗提醒自己要礼貌的小女孩再也忍不住，小脸气得通红，胸脯剧烈起伏，心腔中好像有什么东西要爆炸开来！

"坏蛋！"

从未这般气愤的小姑娘除了这句简单的话语，此刻已想不起其他骂人的话。再次大叫一声，愤怒的小丫头猛然爆发，从骏台手中挣脱出来，一个虎跳跳到身后那块午睡的青石上，圆睁眸目，小手乱舞，眨眼间便发出数十道炽烈火焰，挟风带雷如同怒龙一般朝兀自愕然的热心公子迅猛飞扑！

"哎哟！"

眨眼工夫，变故发生得如此之快，饶是以雨师骏台在南海众神中数一数二的身手，仍是没躲过大多攻击，只听哎呀呀一连串惨叫，转眼素以洁净出名的俊美公子就被数十条火龙击中，洁白如雪的袍服转瞬烧焦，十分狼狈！

当然，琼容愤然出手的攻击并没对他造成多少真正伤害。骏台身为南海龙神八部将中名列前三的雨师神将，水术通天，最能克制的便是火属攻击，刚才挨了这十几下，他也只不过如被重拳击打，除了朝后跟跄几步、模样有些狼狈之外，其他并无损伤。只是……

"小妹妹你——哎呀！"

骏台稍稍缓过点神正准备开口时，嘴里却突然一声凄惨叫喊！这第二次的惨叫声真是惊天动地，就连他对面的小姑娘也猛吃了一惊，赶紧跳后几步藏到旱莲叶下严防骏台死命进攻。

只是这回身经百战的琼容却多虑了，她藏在旱莲叶下定神观看，却只见雨师骏台如同刚吃了滚烫包子般不停地咝咝吸气，同时还不停甩动双臂。

抹抹眼睛仔细一看，琼容这才看明白，原来不知何时，那人不停甩动的手掌上多了两条大蛇，一手一条，大蛇弯转着身上斑斓如锦的鳞纹，高昂着蛇头，龇着雪亮毒牙死死咬在骏台虎口上！

"呀！谢谢你们！"

见此情景，琼容立时反应过来，道了一声谢赶紧转身就逃。只见她身子往上一纵，咻一声就此逃出林去！

"别走！"

在她身后，雨师神将一阵手忙脚乱终于把那两条雨林毒蛇甩掉，顾不得找它们算账，便也急忙纵身出林，想追上处境危险的小姑娘说清楚状况。

只是，骏台出得林来，刚朝琼容慌不择路逃去的方向追出去没多久，就听得风声如鼓,涛立如丘,转眼就看到千军万马摧波涌浪奋勇而来,刹那间就已将他团团围住!

"哥哥!"

大军列阵如林,原本如小鸟般展翅飞逃的琼容见阵前当中一人,立即叫了一声,飞奔过去一头撞入小言怀中,仰脸抽泣着说了一句:"哥哥,他欺负我!"

"啊?!"听得这话,急急赶来的小言大惊失色,急急问道,"妹妹,他怎么欺负你了?"

"他、他说你坏话!呜呜!"

"哦。"

小言心说,对方乃是南海之人,要是说自己好话那才怪了。

心中这般想,嘴中却大叫一声,喝问道:"咄!对面哪里来的贼人,竟敢在小女孩面前污蔑她兄长!"

说完这话,小言一扬手中神剑,高声恐吓:"对面之人听了,你快瞧瞧眼前形势,若是个知机识趣的,赶快束手就擒,还可饶你一条性命!"

说这话时,四海堂堂主正是理直气壮,有恃无恐!

原来,小言先前听闻传报,说是西南小洲中忽有异动。被四渎巡逻探马侦知的异动,正是骏台为试验琼容雷电理论发出的雷声。一听传报,小言再想起琼容小妹妹这几天常去岛外午睡消暑,立即有些慌神,赶忙集合起一支人马来救琼容。

隐波洲外的小洲离四渎玄灵大本营距离很近,但小言匆匆聚起的兵马阵仗仍然不小,基本上玄灵妖族的主力全部到齐,另外还有曲阿、巴陵两湖湖兵,一起列阵如云,将骏台逃跑的去路围得水泄不通!

这时,天空飞着翅转如轮的巨鹰大阵,海面咆哮着一望无边的兽人战

卒,海底则是千百名凶猛水灵在不停奔游涌动,这般情形,正教轻身而来的雨师公子上天无路,入海无门!

虽然陷入这般绝境,骏台却毫不慌乱。万军丛里,说话之前,他犹记得理一理刚被烈火击歪的袍服,掸去上面几片焦黑的烟灰,然后俯身看看脚下的海面,勉强对着动荡的波光正了正头上的发髻,如此这般做派之后,才环顾四方,不慌不忙说道:"呵,张小言,你在说笑吗?区区这几个兵将,就想留住我雨师骏台?"

话音未落,雨师神将信手一弹,四外天地间已是陡生异变!

第三章
电雨疾风，晴后浮生燕垒

其实小言虽然气势汹汹而来，但等到了此处看清了形势，一时倒也没想拿骏台如何。

因为，听了刚才琼容的哭诉，再看看两人现在的情状，倒好像还是这个雨师骏台吃亏多些。

只是，谁也没想到，深陷重围、一身晦气的雨师骏台，还没等口中一句揶揄话说完竟已是突然出手！

只见话音未落，骏台已袍发皆扬，众人恍惚中只听哗啦一声裂响，神将身上白色的袍服便似被一只无形大手迅疾捋过，唰一声朝身后急速飞起。只不过眨眼工夫，白衣神将所立的方寸之地便已是狂风大作！

这一切发生得无比迅速，周围众人刚见眼前风飙遽起、袍飞如旗，白衣神人已长发披散，仰面向天，狂风中高高扬起一双雪白玉雕一般的手臂，伴随着口里声声呼啸，弯曲的十指朝四方望空轻击。随着敲门般的望空轻叩，四外的海面云天已风云突变，洪波涌起！

每当骏台一弹指时，指节所向之处的天空便应声聚起一团团乌云，堆堆聚聚，汇汇集集，转眼就将阳光灿烂的青天白日遮掩得如同黑夜降临！

"住手!"

眼见四处黑云涌动、风波腾起,小言立即察觉出一丝十分危险的气息,他猛然一声断喝,一扬手中神剑准备号令身后千军万马蜂拥而上,将正在作法的雨师拿下。

只是,已经晚了!

只见黑暗云空下,被些微波光映亮的神人脸上,原本傲然的神色中忽然浮起一抹轻蔑的笑容。随着这一缕无声的轻蔑微笑,雨师骏台原本伸张如戟、高举过顶的手掌猛然一收,握成两只硕大的拳头忽向下狠狠一击,刹那之间,海面云天间便电闪雷啸、雨如瓢泼!

自打出娘胎以来,小言还从没见过如此奇怪的雷雨。

滂沱的大雨从乌黑的云团中泼出,亿万条雨线历历可数,藤条般连续的雨线晶莹剔透,就好似连接天海的琴丝,从高高在上的云天里牵出,以一种桀骜不驯的姿态飞流直下,一直奔腾到喧闹的海面才平息。

待晶莹若弦的雨线连通云海天地,潇洒不凡的骏台公子望空信手一拂。于是原本晶莹无色的雨弦突然间彩光流动,一蓬蓬、一环环璀璨的流光从雷电隐隐的云空中奔出,从天至海,通天达地,奔流不息。

"轰⋯⋯"

飞彩流光、天雨四临之时,海荡电飞、云蒸雨合之际,原本只听得见雨声风声浪音涛音的寂寥海天里,忽然凭空奏起一阵黄钟大吕的巨曲,时而似慷慨长啸,时而如皓齿哀音,有时扬抑有若游云,有时低回潜转似海底歌吟。

前所未闻的黄钟大吕的巨曲响起后,无处不在的宏阔乐音已包围住众人整个身心。

生生不绝的黄钟大吕巨曲中,小言听得分明,无论是黄宫清角抑或商羽流徵,滂沱雷雨里那些仿如自然生发的声部全都音律和谐,声调清晰!

在气势恢宏、磅礴天地的宏音巨曲里,白衣飘飘的雨师神将马不停蹄,已在万军中心化作长虹一道,澄明绚丽,劈开昏暗的云空朝南天如龙飞去。虹光激射飞离之时,半空中又传来一阵飒然不羁的咏唱吟哦。冷冷的语调,伴随着四周澎湃奔腾的风音雨调,说不出的洒脱逍遥。

万军仰望,化虹飞离的冥雨乡主唱的是:

　　方地为车辇,

　　圆天为盖罗。

　　俯身望日出,

　　仰视众星辰。

　　嘘八风以为气,

　　跨六合而遨游。

　　经二仪为跬步,

　　视沧海如杯斛。

　　指天斗以问南北,

　　忽微渴而吮河流……

浩然不俗的歌调回荡在辽阔无边的大海云空,显得弥远弥长,而当清激无忌的歌声渐行渐远时,周围轰然不绝的黄钟大吕巨曲渐渐袅袅,慢慢便告平息。

直到这时,置身风声雨曲的四渎玄灵们才好像如梦初醒,全都长长嘘了一口气,待缓过神来,正想要挣动,却听南边浩阔长天中落下一句清晰的话语:“痴儿执迷不悟,浑不知身在险地哉?”

这句话语仿佛就在耳边说出。原是离去的雨师公子仍放心不下正被

"蒙蔽"的小姑娘琼容,跨虹回返南天雨乡之时仍不忘在虹边留下这句好心提醒的话语。

只是,虽然他这句文雅话语琼容听懂了,但其中蕴含的那份苦心孤诣显然没起任何作用,还在旁边众人懵懵懂懂之时,琼容已对着南天骏台离去的方向扮了个鬼脸,吐着舌头叫道:"要你管!"

骏台好心提醒,琼容却怪他多管闲事。到这时,喧闹的云空天海间出现了片刻的宁静。云散雨收,日出风停,隐波洲前这片海域中已又是阳光灿烂、海阔天明。

雨过天晴,面对无比祥和的明媚海景,此时再回想起刚才那一番雷激电闪、霓雨争鸣,觉得是那样不真实,恍恍惚惚,影影绰绰,倒好像刚才只不过是自己做了一场离奇的梦。只是,接下来的事情,却让所有人都清楚地知道,刚才那一切并不是一场梦。

经过一阵短暂的平静,横剑伫立、眼望南天一抹余虹的小言,却听到四周突然哀声大作,转眼一看,便看到四下有许多战士跌倒在海波之中,身上闪烁着异样的光华!

直到这时,所有赶来援救琼容的四渎玄灵部卒才突然发现,就在刚才那场转瞬即逝的异变之中,那些靠近大阵中央的水灵兽卒,不知何时已被一根根晶亮闪耀的水线束缚,只要稍一挣动,明亮的雨线便捆绑得更紧,深入肌理,十分疼痛。

天空中漫卷如云的巨鹰大阵,同样也中了雨丝圈套,它们被缚羽敛翅,再也无法自由翱翔,一只只掉落到海波之中,十分狼狈!

不用说,如影随形的水丝雨索正是雨师骏台作法所致,就在那一声声震耳欲聋的乐音之中,他将数以千计的妖族水灵捆住了。

抽刀断水水更流,这种雨水搓成的绳索,寻常刀剑自然砍不断斩不绝,到最后还是由一起来的几位上清宫真人出手，一次次小心施出罗浮山上清宫中最奥妙精微的法术紫微太极神火雷才将这些紧绑在水族精灵妖族战卒身上的雨线水丝一根根烤干清除。

眼前受害部卒实在太多，这番折腾之后，饶是灵虚子、清溟这几位上清宫真人法力高深，等他们合力将最后一名受害兽灵身上的雨绳去除后，已都累得气喘吁吁、大汗淋漓！

再说琼容，原本还有些不以为然，待她见了这番吓人情景后，倒是被吓了一跳，害怕道："可怕！要是刚才他用这法术来捆我，恐怕我早就被抓走啦！"

一想到这儿，琼容便决定以后几天里一定要深居简出。

就在琼容盘算之时，她极力维护的小言哥哥心里却是颇不平静。

"呀……"小言心想，"没想到南海龙族中，还有这样法力无边、来去自如的异人！"

就在身旁众人大都惊异于南海龙神八部将之一的冥雨乡主竟有这样的通天法力时，小言心中却已在思索一些不同的东西，此刻一向镇定的少年堂主心里已如开了锅般沸腾起来。

他想道："为什么？为什么孟章有这样以一敌万的不世神将，却一直没用在和四渎对敌的战场上？南海龙族到今日，一路溃退，几乎都快兵临城下了，却为何还这般悠然，将这些完全有可能扭转战局的仙将神人藏匿不用?"

在心中疑问一连串思索过几回合之后，小言忽又想到那个自己十分熟悉的四渎老头云中君，按理说，以云中君那样闲适的性格，绝不会表现得像眼下这样咄咄逼人。

只不过一瞬间，一直只记得为故友报仇、顺带报答知遇之恩的小言，就

好似被一道惊雷劈中,脑中嗡一声巨响之后,仿佛突然之间看到些自己以前从来没看清的东西。

刹那间,他身上已是汗湿重衣!

这时,正有一位羽衣道人从旁走来,跟他说道:"小言啊,贫道适才四下探寻,偶然间发现一件怪事!"

第四章
魔光初透，疑吞万顷苍芒

见识过骏台的手段，小言心中一时若有所动，总觉得有些怪异之处，虽然似有感触，但具体如何一时却也想不清楚。

就在小言思索踌躇之时，灵漪儿已带着一队亲兵女卫急急赶来。看清琼容无事之后，四渎公主仍是大怒，见南天犹余一抹虹色，便弯弓跨步，对着南天抬手就是一箭。

在众人注目中这道含愤出手的箭光有如流星赶月，嘭一声在南天白云畔激起一蓬白亮光雨，恍若烟花炸亮，转眼就将骏台赖以逃遁的虹霓光尾击得粉碎，再也看不见。

等雍容的灵漪儿怒气稍歇，小言正想传令大家先整队回归伏波洲，却见本门前掌门师尊灵虚子走上前来，跟他说起一件怪事。

原来，灵虚真人发现，虽然刚才霓雨漫空之时似乎雨绳遍海都是，左右周遭全无遗漏，但他四下略一探寻，却发现一件怪事。

原来虽然刚才附近的大部分兵卒都遭了骏台的毒手，但不知是不是巧合，那些列阵东南的黑水狼族却毫发无损！

听清灵虚真人之言，开始时小言也是莫名其妙，不知其中是何缘故。

"莫非骏台曾受过狼族恩德?"

虽然一时想不清楚,但小言直觉着此事绝不简单,略一思索,他便命四下里健卒先将受伤兵众扶归本营,各去疗伤休养,自己则和灵虚子等人留在原处,把这事弄清楚。

站在原处,众人面面相觑一回,转眼便已过去半刻工夫。

再说这片海面,此刻雨过天晴,几人背后的天空中一碧如洗,丽日青天下,覆盖在浩阔海洋上的那片瓦蓝瓦蓝的颜色,鲜艳得几乎让人觉得有些刺眼。晴空万里之下,四外海水天空中仍是布满了巡逻警戒的兵卒,丝毫不敢大意。

这样又过了一会儿,当几人中琼容终于忍不住开始走神,眯着眼将眼前波光闪动的海面想象成一件华丽的宝石长裙时,她的少年兄长终于理出些头绪。

"难道是这样?"

对于这个刚刚冒出来的想法,小言自己也不太肯定。跟众人说过之后,小言便向南踏到一片空阔的海波上,暗运太华道力,霎时在身周海面腾起数百道雪白水浪,和先前骏台那千百道雨柱一样停留在海面波涛上。

在众人注目中,张小言挥袖成风,有如拨动琴弦,转眼就在八方水柱细浪间拂起一阵恢宏的琴音。

在他这样作法之时,站立在远处的灵虚子、琼容等人听到这阵琴音,都觉得似曾相识,静下心来一想,便发觉此刻在耳边缭绕的曲调,和先前骏台暴起发难时引发的曲音一模一样。

"是了!"

正当众人还有些懵懂时,小言却忽然停了法术,一脸喜气,朝这边大声笑道:哈!没想到雨师骏台虽行事鬼祟,竟还是这等雅人!"

原来，最近在四渎联军中刚刚崛起的小言，说到底最正经的本行还是乐工。他不仅常用神笛吹曲，还惯听四渎公主灵漪儿弹琴。在音律之事上，他实则已可称举世无双，刚才骏台那首风音雨曲，他自是过耳不忘，在海浪中稍一重现，他便立即明白雨师神将为何会让东南一隅的狼族安然无恙。

留下狼族，不是因为骏台和他们有旧，也不是为了做事留有余地，而是五音方位中，对应东南的正是变徵之音，此音其声凄恻，若是奏出，与刚才那首恢宏之曲风格不符！

原来，天地自然间无论五方五行还是五味五音，其间都有对应。五音宫、商、角、徵、羽，正对应五方中、西、东、南、北；中方之上为变宫，西南之位为变商，东北之位为变角，东南之位为变徵，西北之位为变羽。

先前骏台、刚才小言作法时分别以中央和风、上方青风、西方飂风、东方条风、南方巨风、北方寒风、西南凉风、东北炎风、东南景风、西北丽风这十方风气弹拨，最终才奏得一曲浩阔恢宏的羽调正宫。

说到其中种种精微乐理，现在在场几人中除了四渎龙女还有几位上清宫高人外，其他人都不是十分清楚，小言一番详细讲解下来，才让这些水神兽灵大致明白，原来黑水狼族之所以安然无恙，不因为别的，只是因为那位雨师神将为了曲调和谐，才高抬贵手放了他们一马。

等众人俱明其理，小言这才和大伙儿一起回返伏波洲大营。

回去的路上，小言心思也没闲着，在心中反复琢磨着骏台的这些举动，想着自己以后要是再和他碰上，会不会有啥可乘之机。

在小言看来，在对手环伺的生死杀场上犹敢这样耽迷音律，除了行为古怪的雨师神人之外恐怕再无第二人。

所谓"逢强智取，遇弱活擒"，今日亲见骏台法力如此广大，又似对琼容别有用心，他自然要更加小心，琢磨着以后怎样才能将他制伏。

　　一想到琼容，小言便记起刚才匆匆赶到时听她说起的只言片语，趁着路上无事，便赶紧向她细细问询。

　　等一字不落地听琼容说清楚前后经过，小言禁不住勃然大怒："胡说八道！我啥时想害琼容了？"

　　义愤填膺之际，四海堂堂主认真提醒身边天真单纯的小姑娘，让她以后一定要记得，若是再遇上骏台这样的坏蛋，不用迟疑，打得过就打，打不过就逃，千万别被他们哄骗！

　　见堂主哥哥这样郑重吩咐，琼容自然不敢怠慢，赶紧上嘴唇一碰下嘴唇，清脆答应一声，说道"记住了"，一路颠颠跑跑，跟在小言身前身后，一起返回伏波洲。

　　回到伏波洲，暂不提那些伤兵如何医治。这晚，月光皎洁，夜静空明。本来这些天到了夜里，天气都算清冷，但不知何故，今夜却颇为燠热，即使待在薄纱帐篷中也甚是难耐。于是小言便约上灵漪儿、琼容，一起出来到南边息波洲海滩上散步乘凉。

　　当然，纳凉之时，勤快的女孩们也不想闲着，经过伏波洲上林边建起的临时栏厩时，灵漪儿随手牵过小言新得的那匹骕骦风神马，和琼容一道将它引到海畔水湄，准备替它冲洗梳理一番。

　　等到了柔软细致的海畔沙滩，忙忙碌碌的一天终于得了些清闲。站在空阔的海滩边，微咸的海风从远方拂浪而来，吹到身上清清凉凉，十分清爽。

　　在海滩上陪小言略略闲走了一会儿，灵漪儿让小言安心消暑，自己则手执银瓶，凌波微步到大海之上，在月光中微举银瓶，耐心地从潮润海风中凝聚凉爽的清水。

　　等到集满一瓶，她便轻舒玉臂，将瓶中凉液缓缓倒在骕骦风神马银白如雪的鬃毛上，等她倒完，琼容便举着手中一支银质长扒，忙着替马梳理抓挠。

两个女孩忙碌的时候，天边月光如水，四围里海雾初起。

这时在坐在海滩上的小言眼里，远处女孩银瓶中倒出的缕缕清水，仿佛也沾染上许多皎洁的月华，星星点点，闪闪烁烁，流淌之时就好像一绺水银色的月华正从女孩玉指间不断流泻，静静地淌在银鬃白马美丽的鬃毛上。

不知不觉中海雾渐浓，恍恍惚惚里，远处女孩的面目已变得模糊，海面烟波里，只余月水雾澜中一抹幽雅的剪影，显得无比和美和谐。那层渐转浓厚的雾水，浸透了清亮的月光，又将女孩映入一片湖底，忽远忽近，晃漾不停。

月光流泻的寂静夜色里，天地中的所有一切都显得那样安详宁谧。

即使是在眼前这个转眼就可能卷入纷飞战火的争执之地，片刻宝贵的安宁也仿佛在向世间无声地宣示，纷争终不得长久，永恒的只有淡然与平静。

只是，今晚这个能启迪人思索哲理的安静月夜，那份水华般润物无声的祥和，并没能持续到夜色退去晨曦降临。

甚至，在这一晚某一刻之后，这南海、这海天大地便可能再无宁日。

安享海边凉夜的小言，刚想到灵漪儿、琼容近前帮把手，却只觉一阵风吹来，猛然间浑身忽地毛骨悚然起来！

"那是……"

蓦然扬首遥望南天苍穹，小言不看则已，一看之下脸色一片煞白！

这时，他腰间那个随身携带的剑鞘里，那把久未曾显出异象的封神剑也在匣中战栗悸动，不知是兴奋还是恐惧。

第五章
幽电怒雷，震来千载尘劫

　　没到过大海的人，很难理解海洋的雄阔与壮丽；没在海边生活过的人，无法体会碧蓝海水的凶猛与多变。

　　这一夜，年轻的四海堂堂主刚才还在光滑如镜的平潮沙滩上，整个人都好像要融化在温柔朦胧的银色波光里，谁知道下一刻，就要面临凶暴狂猛的海洋风暴。

　　没有任何一次的海洋飓风来得如此凶猛诡异，毫无征兆。充盈天地的银色月华，眨眼间便消失得无影无踪，天地间仿佛一口大锅扣下，瞬间变得漆黑如墨，刚才还徘徊在海面的氤氲雾气，还没来得及再缭绕几分，便被强烈的风暴瞬间吹散。

　　剧变来得如此之快，竟让顶着狂风暴雨的小言有一种错觉，好像眼前风飙万里、巨浪滔天，只不过是因为自己刚刚朝灵漪儿和琼容那边抬了抬脚……

　　"琼容！灵漪儿！"

　　风雨之中，久经战阵的四海堂堂主忽然感觉到一丝前所未有的震悸，立即张口朝海面那边呼叫，只是此刻四周漆黑如墨，风雨如晦，到处都是震耳欲聋的风鸣雨啸，使尽浑身气力的大喊竟不能穿透近在咫尺的距离。

雨水兜头浇下，张口大叫几声后，小言却觉得这喊声似乎连自己都听不到！

幸好灵漪儿和琼容也都见机得快，剧变瞬间发生之后，立即使劲牵住几乎受惊的骟骦风神马，努力朝小言这边奔来。不一会儿工夫，小言便借着几道霹雳的电光，看到她们已快到自己身边。

等聚拢一处，小言便左手拉住灵漪儿，右手扯住琼容，顶着狂风暴雨努力朝洲内躲避。这时通灵的骟骦风神马也不用主人招呼，不仅跟在他们身后一起朝洲内退却，还用较为壮大的身躯替他们遮挡住席卷而来的风浪。

艰难走出四五十步，走到一处耸立的礁岩前，小言便招呼大家在岩石背后躲下。因为他想看看这突如其来的风暴到底有什么异常，是不是南海故意造就打算趁势攻来！

他们刚在礁岩后躲下，无边无际的大海便像一锅煮沸的开水，猛然间剧烈沸腾起来。波立如山，往日戏水时柔若无物的海水这时变成了凶猛的野兽，又好似坚硬的巨石，高高地朝天上抛起千尺，然后轰然砸下！

如山巨浪之前，伏波洲畔港湾中成千上万的水寨鲸砦还有无数的战船，被凶猛的风瞬间吹起，像纸盒木片一般在空中翻滚舞动，或是散落四处，或是被狂风裹着吹向大海黑暗的深处。

伴随着这些凌空飞舞的废墟残片，不少四渎的兵丁和玄灵的妖兽，也被猛烈的飓风拦腰裹起瞬间抛到天上，然后重重摔到了海水中岩石上，几乎连惨叫都来不及发出一声。

这时，原本漆黑一片的天穹渐渐有了亮光，那是千万条闪电在云空后一齐闪现身形。它们伴随着雷霆，裹挟着轰鸣，在无垠的黑空中错乱交横，如毒蛇，如栏栅，将黑色的云天切割成一片片一块块一段段，然后嘶吼着朝大地海洋扑下，吞噬巨鱼，点燃密林，将一块块沉重巨石瞬间炸碎掀翻！

"这！孟章有这样的威能？"

眼见极富攻击力的天地剧变，感受着密集的雨点击打到脸上火辣辣的疼痛，小言的第一反应便是这天变是否为南海诱发驱动。

只是，虽然这想法十分顺理成章，但看看眼前雷电风浪出乎想象地暴虐凶狠，小言还是推翻了自己的推断。虽然他毫不怀疑孟章对己方的怨毒已达到这般程度，但数十天接触下来，小言还是坚信以南海目前的手段，驱驰不了这种仿佛能翻覆整个天地的灾变浩劫。

"难道是我们的举动惊怒了上天？"

在翻江倒海的可怕天变面前，原本心思活泛的少年此刻心中翻来覆去，最后却也只剩下这么一个简单的想法。

这样懵懵懂懂，面对着席卷而来的风雨海浪苦苦支撑时，却突然发生了一件意想不到的事情。紧咬牙关，努力在浪潮狂风中屹立不动的小言，只觉得自己的内心突然悄悄起了些变化。

只不过一瞬间，从来都是开朗豁达、洒脱不羁的良善少年，忽然觉得自己的心肠猛然一阵剧痛，然后仇恨、怨毒、憎恶、贪妒种种负面的阴恶的也许这辈子从来都没有过的险恶情绪，像脚下的潮水般汹涌漫过心底！

种种凶狠的念头才在心头升起，陷入莫名狂乱的小言已感觉到自己手中紧攥的那把封神剑忽然剧烈震颤起来。细密而剧烈的颤动从手传入，如一个清晰的信号，瞬间就让他清醒过来！

"呼……"

一待神思清明，小言长吁了一口气，却感觉到手中瑶光竟像要脱手飞去。大惊之下，小言赶紧用力将激颤的瑶光握住，谁料才一用力，封神剑剑身却猛然向上一扬，呼一声挣脱他的手掌，剑锋向上昂然飞到身前高耸的礁岩上方，剑身幽光闪耀，剑尖直指东南！

"坏了!"忽见瑶光脱手,小言暗叫不妙,心道这会儿漫天风雨狂飙,要是这把剑一个顽皮飞到千波亿浪中去,自己去哪儿才能寻得着?

只是,当小言着急起身离地而起,身形紧随脱手飞出的瑶光扑出时,他却诧异地发现瑶光并未就此逃窜,而是一动不动,静静地停留在半空疾劲的风雨之中。

见如此,小言自知其中有异,片刻后凝视瑶光,却见修长的剑身上紫电耀映的光芒渐去,转而蒙上一层淡淡的红光。

小言一时不及多想,赶紧上前,将古剑握在手中。

当这把通灵的神剑再度入手时,早和它心意相通的小言此刻感受到了一种前所未有的感觉,似乎在这一刻,自己和这神秘的古剑不仅心意相通,还血肉相连!

"噫……"

握着瑶光,感受到指尖那份温柔的清凉,小言一时竟好像听到冥冥中一声召唤,于是他抬起左手,抹去眼前雨水,在劈面而来的狂风骤雨中努力睁大双眼,看到了终生难忘的场景:蹿若乱蛇的紫电已渐渐隐去,头顶广袤的苍穹又陷入一片死静的沉寂。在四周仿佛能将心底最深处染黑的黑暗之中,在大海的尽头,从天之东南的厚重云空中隐隐射出几道红光,带着血一样的殷红。

当天空中血光透现时,一直肆虐的雨浪狂飙忽然平息,原本惊天动地的风雨,突然隐去,让四围陷入一片绝对的静谧。

在几乎不能忍受的死寂之中,南天那几朵隐现的红云忽然变得清晰,游移成一个图案。眼、耳、口、鼻、眉,粗疏的云光散落五处,组成一张巨脸的五官,生动活泛,狰狞可怖,正朝天地八荒静静地凝视。

"唔……"

远在天边的巨脸，却仿佛就在眼前，铺张半边天的面容，却好像只跟弹丸小洲上的渺小少年对视。嘲弄、讽刺、不屑、憎恶，种种叵测的神色溢于言表，似乎什么都是，又好像什么都没有。

"轰！"

在死寂一般的无声境界中，小言突然听到一声崩石裂云的嚎啸。面目狰狞的魔王放声狞笑，肆无忌惮的音波轰击万里，激起千层浪，卷起亿丈血，一切都在战栗，一切都在粉碎，一切都在寂灭！

……也不知过了多久，小言才从这场噩梦中清醒过来。

看看南大，已云开月明，海天清明，低头看看手中古剑，发现它正静静躺卧，已如一段顽铁，仿佛什么都没发生过；回首望望身后，女孩们眼中俱皆迷离，旁边的骕骦风神驹垂头丧气，一切都已归了静寂。

"难道……只是一场梦？"

心中虽然愿意这样认为，但身外四周所有的一切，都在告诉他刚才的一切都是真实的。残垣断壁，残骸断木，残肢断臂，还有四下狼藉的废墟中水精妖灵们悲伤的哭号，所有一切都说明，刚才确有一场横扫万物的浩劫。

"唉……"叹息一声，小言没再多作停留，唤上灵漪儿和琼容，一起坐上金鬣银鬃的骕骦风神驹，朝伏波洲中央的龙王大帐奔去。

绝尘而去的神驹身后，一路都是哀号痛哭的精灵，许多都抱着刚刚被自己莫名杀死的战友兄弟，痛不欲生！

十二月十二日，那场莫名浩劫后的第三日，九天十地，四海八荒，突然都接到一道敕令。先前号称为报离间羞辱之仇、帮南海龙族重立清明之主的四渎龙王云中君，现竟严肃号令，以三千年前那场龙魔大战中龙族军师的名义，号召所有散落天地云泽的龙族将士、四方神灵，一起征讨造下弥天大孽、意图引发亘古未有浩劫的邪恶龙神！

沉重激烈的号令一出，八荒轰动、四海震惊！

直到这时，四面八方相互关联的势力，才记得去翻检当年那场几乎灭绝天地的龙魔大战，细数来龙去脉，重新捡拾起几乎已全部遗忘的久远记忆。

细细检阅之下，他们中许多人才突然记起，原来当年那场广为人知的龙魔之争还有另外一个称号——封神之战。

第六章
锋芒毕露，只为鸿蒙无主

"……传说亿万年前，太初上古之时，天地清浊未分，混沌不明；太初之后，不知凡几，终有一刻，形为之始；鸿蒙初辟，清者为精，浊者为形，神质初分，时光初始，号为太始。太始之时，化分宇宙，宇为形质，宙为时刻，二者混同，是为洪荒宇宙。

"太始之际，宇宙幽清沉寂，惟虚惟无，虽分二仪，不可具体。如此浑浑噩噩，阴阳渐化，二气初分，逐步剖判分离，轻浮浊沉，轻清为天空虚无，沉浊为大地星辰。至此天地玄黄，宇宙洪荒，日月圆缺，辰宿列张，万物有位，素朴未散，号为太素之辰。

"太素之后，又历十几数亿年，宇宙变化，阴阳交感，终致寒来暑往，秋收冬藏，闰余成岁，律吕调阳，果珍李奈，菜重芥姜，海咸河淡，鳞潜羽翔，至此万物灵长，熙熙攘攘，天地自然，华茂纷繁，号为太华！"

当年的饶州少年从没想过自己会有一天，端坐在素丽庄严的龙王大帐中，听那往日市井小民顶礼膜拜的龙王爷高谈阔论，大谈宇宙人世的本源。

要不是前些日那场席卷天地的诡异剧变，他身前大帐正中深谋远虑、沉着稳重的四渎龙君，也没打算将陈年往事溯本清源地讲给面前这些相对年轻的神兵将领听。

对于四渎龙君云中君而言，要不是那一天眼见天空如血，冥冥中又听到了牵缠了他数千年的放肆笑声，他也不会跟这些一直生活在安稳日子里的年轻后辈讲那些不愿回首的陈年秘辛。

不过，事已至此，即使不愿也由不得他不将此事挑明了。

讲到"太华"，脸色凝重的云中君环顾四下一眼，见所有人都屏气凝神侧耳倾听，便微微颔首，继续说道："其实，自太初至太始，又至太素直至现今之世太华，常人只道世间万物自然，无论草木禽兽，妖鬼人神，皆有魂魄，能够思想，便如天生地养二分阴阳，全是自然而然，其实不然。

"万物有灵，灵魂思想之事有别于形质皮囊。为何一样惘惘然和木石没甚区别的血肉，组合起来便有那样生动敏捷、变化无穷的思想？所有这一切，只因在太初太始之时，与那些宇宙形质相生相伴的还有神妙玄奇的精神，便是所谓的'清者为精，浊者为形'。

"只不过，和世人常以为的'清者为精'不一样，这精神魂魄，本就是独立于气质形容之外的，由太初而来，号为灵母。太初灵母，在天驱动日月星辰，在地赋万物神魂，喜乐忧怒，蠢圣愚智，不一而足！"

大段说到这里，饶是健谈，云中君也不禁口渴，便端起案前茶盏，准备润润嗓子再讲。就在这空当儿，一直老老实实待在四海堂堂主身后的琼容，耐着性子听了这么多文绉绉她几乎全都听不懂的话，终于忍不住，在满营众将环列之中，略有些怯生生地开口问道："那、龙君老爷爷，你说了这么多，口都渴了，却和前天的怪事有什么关系呢？"

"哈！"

听琼容问话，刚抿了一口茶水的云中君抬眼望去，正看到小姑娘一脸迷惑，满眼茫然，便笑言答话："抱歉，本座倒忘了琼容小妹妹。咳咳，老夫一讲到古事,便不自觉地引经据典满口文言,听得琼容茫然,确是本座不对。好,既然这样我就浅白说来——

"说到那万物灵母,虽然她在世间衍生了喜怒哀乐、聪智蠢笨,诸般情绪天赋,似乎其中种种正负善恶一应俱全。

"只是,和世间万物一样,这灵魂情绪之事也分阴阳。在天地间,灵母却是阳和一方,主正直良善,虽然包含善恶喜怨,但不过都是人生在世应有之意。

"但在天地初始之时,阳生灵母,和她对立的却是一样极端毒恶阴邪之物,乃天地宇宙间最阴邪恶毒神气的集合,少数知道他的呼之为淯絭。

"说来也是缘法使然,天地太初初生之时,这淯絭比灵母出世慢了片刻,便在这须臾之间,被灵母洞察详情。灵母怀着慈悲心肠,以我等无法想象的力量将他封存于宇宙星辰之间,让淯絭不得将整个天地宇宙湮殁于阴冷寂灭之中。据传言,封禁淯絭之所,是宇宙星河间一些奇异的所在,里面似乎有奇妙的神灵守卫,严密得连光都逃不出来!"

"那后来他逃出来了吗?"问出众人心声的,正是琼容。

到了此刻,这个蜷伏在小言席畔的小听众已完全忘记自己开始时的疑问,全神贯注地投入到云中君讲述的神奇故事中,以手托腮,眼睛一眨不眨,紧盯着说话的老爷爷,生怕漏掉一个字。

听得琼容紧张相问,再看看座下部众同样紧张的神情,云中君便也正了正神色,继续缓缓道来:"呵,说起淯絭,和灵母一样,都是天地初生之物,有宇宙本源之力。据老夫所知,这样的宇宙本源之力,几乎可以操控宇宙,让日月逆行,时光倒流,其威力即使是我等人间神界最猛烈的法术,也根本无法匹及。

"具体威能,本座也未曾见过,诸位只要知道,即使是当今神豪,也没人能有这样的力量。可是这样的力量,那淯絭却有,即使被拘押在连光也逃不出来的永暗之地,到最后他还是逃出来了。只是,经过其间十数亿年的拘禁,涴紊的力量已大打折扣,因此他虽然逃出,几经争斗每次都还是被灵母降伏,一次次被重新拘押。

"这样几经反复,到了近世,也就是距今几百万年前,涴紊被灵母几经追逐,穿过无数日月星河,终于到达我们洪荒大地风海川泽。几经争斗,历经不知其数的烈火遍地、洪水滔天、冰河万世,毁灭了又重生了我们这世界成百上千回,涴紊最后终于被灵母制伏,再次被拘禁,就押在——"

"鬼灵渊?!"这一回,脱口搭话的却不是琼容,而是她的堂主哥哥。

满营众人中,和那些活了几千几百岁的妖神相比,除了琼容之外便要数他最不沉稳。因此,当云中君说到关键处卖了个关子正让众人猜测接茬时,便是小言最先沉不住气,脱口搭话。

小言一言既出,便听云中君赞道:"正是!"

乐呵呵地看了他一眼,又见帐门内透进的日光影子逐渐东移,云中君便加快了交代原委的话语:"三千年前,我龙族与西南焦侥之地的魔族大战,起因便是为鬼灵渊中锁住的魔灵。鬼灵渊虽然号为鬼族圣地,但若向前再追溯几万年,其实该是灵母封禁涴紊之地。那些鬼灵,大都是当年灵母、涴紊大战中被波及的上古生灵的精魂。

"龙魔大战之前,差不多再早一千年,我龙族便遭神灵托梦,神灵自号'灵母',遍述往事,说到自己跟不世恶灵争斗,颇为疲惫,暂要沉寂几千年,因此鬼灵渊中本能灭世的恶灵,便托我龙族暂管。

"若是溯本清源,我等世间万灵都是灵母后裔,龙族自然也不例外,因此灵母所托,龙族自然万无推辞,便接下这托付。此后又过了大约八百年,安居焦侥魔土的强大魔族不知怎么也得了涴紊托梦,诳言说他是魔族之祖,现在遭人陷害,被囚于大海东南的鬼灵渊中,命他们速速援救。

"当然,那些魔族也非愚人,前后也是几经考量,直到最后看见淯紊所托梦中的种种示象,竟和本族从不为外人所知的秘事全部吻合,这才深信不疑,打着解救祖灵的旗号,统军攻打被我龙族团团围住的鬼灵渊。

　　"至于这场大战的结果,诸位也都知道了,便是魔族军师被擒,魔族战败,从此双方偃旗息鼓,再也不计较以前的冲突魔战。

　　"只是,诸位可能有所不知,在众口相传的结果外,还有不为人知的事情。那魔族行事果然匪夷所思,居然拼着让号称'军神'的军师智天魔被擒,引开我族重兵,魔皇则统率真正主力一举攻破鬼灵渊外围,突入鬼灵渊,用淯紊所谓'梦中神谕'所传的秘诀,誓要将太初恶灵救出——"

　　说到这里,云中君再无停顿,一口气将故事的结局说来:

　　"谁知刚将淯紊释放出一点,魔皇便觉出诸多不妥之处,其实也是淯紊太过猖獗,小看了我们洪荒大地诸般生灵的智慧,才被解救出一点,便肆无忌惮,竟吸食魔族灵将的神识,侵占他们的身体!

　　"魔皇虽是我的对手,但本王也不得不承认,魔族皇者那是何等英明,只不过在转瞬之间便立即洞察所有原委,就在淯紊一刹那得意忘形之际,已经沉睡的太初灵母一缕未尽的神识,也终于穿透淯紊极力布下的屏障,将所有真相原原本本地揭开。

　　"也就是在那电光石火之间,魔皇当即号令所有魔族悍将凶灵,协助当时匆匆赶来的龙族主力,一起合力将刚显出些形状的淯紊重新封印,并集合龙魔真力,将尚是雏形的恶魔再度打回到灵母布下的奇异深渊中去了!

　　"因这次大战起因,正是淯紊蛊惑一直认为自己是正统神灵的魔族,说他是魔族之主,也就是万神之王,我等龙族、魔族少数谙知内情的灵将,才把这次惊动甚广的龙魔之争称为'封神之战'。也可以说,是我龙族、魔族同心协力,才将蠢蠢欲动的淯紊一时封禁!"

"呼……"

听到此处,帐中几乎所有人都不自觉地长吁了一口气。对他们之中的大多数而言,不用说灵虚子、坤象这样的人间道者、妖界耆宿,即使是龙族中近几百年来崛起的得力神灵,也是头一次听闻这些千万年前的往事。

听了云中君这番解释,众人这才对许多往事有了更深的认识,许多以前百思不得其解的疑问,此时亦迎刃而解。

比如,为什么传说中龙魔二族曾打得你死我活,但这么多年来都相安无事;上回魔族的小宫主起衅盗马劫人,放到平时几乎能引起两族战争,到最后双方却将此事揭过,轻轻放下,再没了下文。

不提众人恍然大悟,再说云中君。到得现在这样紧急时刻,终于将往日深藏的秘史全盘讲出,他便见自己的宝贝孙女飘然而起,来到自己案边给空盏中斟上一杯清香扑鼻的茶水。

调皮的孙女一边斟茶,一边背着满营众将低声嗔怪自己:"唉,爷爷就是不疼灵儿。以前小时候总讲鬼故事吓人,这样好玩的事儿却只字不提!"

"咳咳!"看看盈盈笑嗔的宝贝孙女,云中君蔼然一笑,对着她、也是对着帐下大多数人解释,"呵,这样的故事,说来无益,倒添了许多恐惧。那涍紊,乃最邪魔之物,极善惑人。若是知道这典故,便像起了个由头,反而容易应了孽缘,被这邪魔乘虚而入,不仅害己,还要害人,后果不堪设想。"

说到此处,一直都十分和蔼的云中君,目送灵漪儿款步回到席间重新跪坐下,脸上便突然换上一副少见的凌厉神色,跟帐中众人厉声说道:"诸位,毋庸本座多言,前日南海异象,必是那孽龙所为!本座这些年云游访酒之余,早就侦得这逆障已受了邪魔蛊惑,野心熏天,一面来中土四渎挑衅,一面一直在想方设法解救涍紊。今日本座便明告诸君,在往日所示的那逆龙的种种倒行逆施之外,此次我云中君兴兵的最大因由,便是要阻止这不知是非的孽贼!"

到得今日,见那丧心病狂的龙族后辈在鬼灵渊中的动作似乎有了突破性进展,秉承千年使命的四渎老龙君便再也不作隐瞒,将他发起这次轰轰烈烈的讨伐之战最深层的缘由,原原本本明示给四渎、玄灵众人。

听他说完,众皆恍然。这时所有人才知道,原来在众皆景仰的四渎龙君心中,除了面上那些已足以引起一场征伐的理由之外,还有这样不得轻易示人的大道因由。

到了这时,这些原本大都只为一族或一人缘故投身到这场伐逆复仇之战的妖灵人神,突然间眼前豁然开朗,心中油然而生一种前所未有的责任感,尽皆热血沸腾!

在这之后,云中君便再度以当年龙魔大战龙族军师的名义,向四海蛮荒发出极为郑重庄严的讨逆檄文,召唤当年所有龙魔之战中的遗族精灵,一起再度讨逆封神!

在昭告四方的檄文中,四渎又许下重诺,说是对任何在南海之战中建功立业的川泽妖神,都将赏以龙宫珍藏宝物。对于斩俘首恶水侯孟章之人,更是许下鲛绡千丈、明珠万斛,并会赐海侯之号,领水万里!

在这丰厚许诺之外,四渎龙王又命其子洞庭君分派龙族能工巧匠,于大虞泽畔增城之山,立铸剑炉,以龙宫秘法采霞铁之精,引太阿之风,升坎离之火,淬金波,砺玉砥,炼剑十二口,俱以"出云"为号,饰以丹霞之络,函以青云之鞘。待大军攻克之日,便由四渎龙王将剑亲赐战功最杰出之十二人。

对每一个战将英豪而言,这将是何等荣耀!

到得这时,除去那鬼灵渊中有可能瞬间毁天灭地的恶灵,似乎局势都在向四渎玄灵倾斜。原来还在声援南海的势力,见了言之凿凿的檄文之后,到此刻大都偃旗息鼓。原本暗中出兵支援孟章的亲近势力,这时也大都原地踏步,逡巡观望,满腹狐疑。那些本就认同四渎的山海川泽部族,这时便再没有任何顾虑,各个整兵备甲,一队队向南海进发。人间那些不同于上清宫的道门、山野间那些不同于岭南玄灵的妖族,这时候态度终于发生了转变……

就在如同沸腾起来的战局形势之中,此刻本就在风暴中心的上清宫少年,自然也在南海风波浪涛中厉兵秣马,只等着云中君一声令下,便要同那些分派给他统领的水族妖灵一起,向南海龙域奋勇杀去!

不过,即使在这样紧张凝重的气氛里,小言还能偶尔忙里偷闲,抚着他那把当年偶然得来的瑶光封神剑,心中想着云中君先前讲述的那些过往旧事。

这当中,小言偶尔还会想,不知云中君口中沉睡的灵母现在身在何处,是否醒来了;如果灵母能醒来亲临此处,恐怕轰轰烈烈、牵连甚广的战事就能早早结束。

待想到淆紊几千年前蛊惑魔族,自称“万神之王”的故事,小言忽然记起,就在三年前那场罗浮山中的嘉元会上,自己似乎隐约听到捣乱的九婴怪口中嘟囔,说是什么要噬取神力破空飞去,重归神王大人麾下。

不知那个奇异神怪口中的神王,是不是云中君所说的淆紊恶灵。

不管怎样,面对旷古绝今、关系人世天地生死存亡的大战,当年的饶州少年同他现在的伙伴一样热血沸腾。只是,内心中对拯救天地、挽回宇宙的宏伟目标,说实话并没有多少概念。

到现在,他最期望的,还是早日将肆意屠戮的混账水侯打败,夺回被他掳去的雪宜遗体,回到罗浮山千鸟崖做场法事,让那逝去的冰雪灵魂早日安息。

然后,他便可以花间明月,松下清风,重新过上清幽恬淡的生活,岂不甚好?

第七章
翠冷烟光，犹恐芳时暗换

就在云中君将鬼灵渊中秘事明告众人之后的第二天，一整天里小言都跟着众人厉兵秣马，直忙得团团转，一直到傍晚手头事情稍稍忙完，这才忙里偷闲，和琼容一道跑去灵漪儿帐中讨口茶解渴。

许是实在太渴了，等到了灵漪儿的轻罗帐篷中，接过她递来的碧螺香茶，小言也顾不及细细品尝，便大口吹散几缕热气，一仰脖咕咚咕咚几声将整盏白玉瓷杯中碧油油的茶水一口气喝光。

见他渴成这样，灵漪儿把手中刚沏好的一小杯香茗递给琼容后，便去旁边茶柜中取了个大些的茶杯，再给小言沏茶续水。

将第二杯茶递给小言，见他这回喝得缓了，灵漪儿便和他随便拉起家常来。说过几回闲话，灵漪儿忽然想起白天的一个心得，便笑吟吟地说道："小言，今天闲着无事，我思来想去，却觉出一件有趣事儿！"

"哦？什么事？"听灵漪儿这般说，小言便停下手中杯盏，听她下言。

"是这样，小言，我今天想了想，爷爷昨日说的淆紊和灵母，还真是生死对头呢！"

"哦？他们本来就是啊。"听灵漪儿这么说，小言倒有些疑惑。

只听灵漪儿继续说道:"是啊,小言你看,那'靈母'的'靈'字,时人为图简便也写作'灵'字,这样一来,湉絭、灵母,他们名字里头是不是一个有水、另一个有火?果然是水火不相容啊!"

"哈……这倒是!"听灵漪儿这么一说,小言哑然失笑,想了想觉得这事儿还真有些凑巧。

说完这件有趣事儿,灵漪儿停了停,便起身去梳妆台边,从那只沉碧香匣中轻轻拈出一支细檀香来,准备点燃驱驱满帐氤氲的水汽海味。

抽出檀香,她将其小心插在一片晶莹光洁的白瓷香碟小孔里。指尖在香头上轻轻一捻,檀香便应手点燃,顿时一缕幽幽的香气便弥漫整个大帐。

说起来,灵漪儿点燃的檀香正是四渎龙宫特制的香。虽说是檀香,制作时却在白檀香粉中加入了特殊的香料,按照这些香料的不同,共分为四种,分别名为春眠、夏梦、秋锦、冬梅,正好对应春夏秋冬四季寒暑。

现在身在南海,天气燠热,灵漪儿刚捻燃的自然是一支夏梦之香。其中掺着从春竹青叶中提取的香精,点燃时幽香扑鼻,清芬四溢。那些缭绕的烟气,让人似乎身处竹林,感到阵阵竹影扶疏,时时竹风吹来,正是一缕香凉,沁入肌理。

由于夏梦檀香最宜仲夏夜点起,烟气清爽,最能助人入眠,因此它还有个别名,叫作"凉梦爽水"。

不过,闻着这样人间难得的龙宫宝香,正趴在香前出神的琼容小姑娘却一时来不及品出其中许多玄妙精微之处。琼容现在留意的,是那个莹白如玉、光滑如镜的香碟上勾画的几笔图案。

也不知是谁人画就,她眼前这个白瓷香碟上画着的几片零落青竹叶,颜色翠绿欲滴,"个"字形的叶子纹理分明,对着帐中照明的光亮,边缘仿佛还带着几分浮动的暗影,像是真有几片竹叶正飘坠在白瓷香碟上,真是栩栩如生。

竹画如此逼真鲜明,倒逗得琼容几次伸手去摸,总想确认它们是不是真的是画上去的。

琼容对着瓷碟竹画满腹狐疑时,小言喝了会儿茶,随意想了想灵漪儿刚才说的话,受了启发,笑着跟坐在一旁珊瑚石鼓凳上的龙女说道:"灵漪儿,听你刚才这么一说,我倒想起来,你自己姓名里也是水火兼备,十分矛盾!"

"喔?"灵漪儿听完一愣,刚想详问,只稍稍动了动心思,便立即想明白了,笑道,"小言你休要取笑,不过是凑巧!"

此时帐中小憩的时光颇为闲适,开了这个话头,小言便一边悠然品茶,一边在间隙说道:"不过真要说起来,凑巧事儿还真不少。灵漪儿,昨天不是听你爷爷说到几千年前的封神战吗?倒和我这把铁剑名字相同!"

"是啊!"

正当灵漪儿接着答言时,却忽听门帘一响,有人高声接话:"不错,是很巧!"

"爷爷?"灵漪儿闻声回头,看清来人正是爷爷云中君。

"咦?"望见爷爷,灵漪儿疑惑道,"怎么爷爷也有空来喝茶?"

"呵!先不提喝茶。"进了帐中,云中君一摆手,脸色竟十分严肃,跟忙着起身问好的小言说道,"小言,说起你这封神剑,有一事我倒也要跟你说明!"

"哦?龙君请讲!"

"是这样,昨天我不是曾说过,当年龙魔封神之战,正是因为我龙族曾受灵母托梦,才悉知内情?"

"是啊!"

"嗯,那你可知道,当年我龙族受梦之人是谁?他又在何处被托梦?"

云中君卖的这关子,显然并不指望小言回答,便不等他接话,自顾自接着往下说道:"此事便连灵儿也不知道。当年龙族受梦之人正是老夫。当时,我正在小言你家马蹄山上歇脚!"

"啊?!"小言闻言,顿时目瞪口呆!

云中君目光炯炯,继续说道:"正因这样,所以几年前因了些机缘老夫与你相识,后来又见你从那座马蹄山上得了这把封神古剑,便早在心中留意,看你这小后生是不是真的得天独厚,将来能有大机缘!"

"这……"

没想到偶来灵漪儿帐中喝茶,却听她爷爷说出这番前所未闻的话,小言一时不知如何搭茬。

稍停一会儿,他才回过神来,吭吭哧哧说道:"多谢龙君爷爷错爱……可惜后来我不长进,只是随波逐流,也没什么大机缘……"

含混一番,小言忽然想起一事,觉得有些疑惑,问云中君道:"敢问龙君,听您这么一说,我却还有一事不明。既然我这把陈年古剑是从马蹄山上得来,应该有些不凡,可我怎么记得,当时拿剑跟您问起,您却推说它只是平常?"

神光盎然的老龙王,听到小言质疑,心中道了声"这娃儿记性真好",却也毫不见怪。

其实他当年在饶州城郊还真被这把韬光养晦的古剑瞒骗了,一时看走了眼,此刻被旧事重提还真有些尴尬。

不过,此时在这几个小娃儿面前,万万不可堕了威信,于是满心尴尬的老龙王只得咳嗽一声,满脸严肃地跟小言回答:"咳咳,小言,其实是这样,当年本龙君并非是眼拙,我只是念着,你才初出茅庐,心志幼稚,若是太过夸耀恐怕于你道心有损,反误了你前程——咳咳,这个……仙路有期,皆在自然,绝不是奋力可为,我那可是一片苦心啊!"

"呀……多谢龙君苦心栽培!"听过老龙王的解释,小言不但毫不怀疑,心下反而感动非常。

此后老老少少又是一番闲谈,其中倒也没太多要紧事情说到。不过闲聊之中,老龙王却常常以手抚额,暗道自己这次来,好像还真有什么事情,可是说过这么多话,竟将那事全然忘掉了。

"唉,真是老了……"龙绡纱帐之中,珠光宝气之下,向来指挥若定、威风凛凛的四渎龙神,却鲜有地流露出几分疲态。

"……对了!"

直到闲谈已毕,小言、灵漪儿几人将他送出帐门时,云中君才忽然想起此行的目的,于是重新折返回来,一脚跨进帐内,对着自己宝贝孙女注目说道:"灵儿啊……爷爷真是老了。刚才好一番闲谈,临了才想起这番的来意……嗯,我来是想告诉你,今后战事愈加凶险,也到了最危急关头,你……便也和大家一起上阵去吧!"

以前一直禁止灵漪儿亲身涉险的老龙王,这时却目光闪动,决然说道:"灵儿、小言,还有这位琼容小姑娘,你们听好:现在我等与南海互下赏格,已算结下不解深仇,若是今后灵儿、琼容在阵前失手被擒,无法救回,那小言你就不用迟疑,将她们……"

说到此处,云中君已是不忍再言,小言听罢稍一迟疑,便微微一点头,轻轻回答:"是……"

第八章
羽客云随，偶慕活泼天趣

如果说在这之前，小言听过云中君那番有关邪魔淯紊的说辞，虽然也会觉得十分严重，但内心里其实并没多少真切的紧迫感受。这许是人之常情，许多事若非亲临，则无论用多少恐怖夸张的词语来形容，仍没有多少真切的说服力。对小言来说，即便是亿万年前远从宇宙而来的大魔头，仍是显得稍有些空洞虚幻。

不过，现在听得云中君这一番话，说是要让灵漪儿也去冲锋陷阵一同打仗，小言便知道，鬼灵渊中淯紊的威胁已是迫在眉睫，十分严重！

此后几天里，就和小言预感的一样，整个四渎龙族、玄灵妖族占领的南海北疆，就像一部庞大的战车一样轰轰烈烈地运转起来；运输器械物资的巨蛴蝲川流不息，盔明甲亮的骑士如缕如流，还有接受号召的援军从四海八荒而来，中土四渎的后备力量倾巢而出，现在南海北域重兵云集，风雨欲来。

在大战前厉兵秣马的沉重气氛中，作为实力不凡的战将术士，小言也一刻都没清闲，前晚那次灵漪儿帐中的饮茶，竟似乎成了几天中最后一次悠闲的经历。

这些天中，小言不分白天黑夜，都在领着玄灵妖族的战士、几位上清宫的道尊，还有阳澄、曲阿、巴陵、彭泽四湖的水部，往来穿梭于南海北部与大陆邻接的海路上，一刻不停地提防南海龙族派人破坏突袭。

十二月十五这一天，早上天气阴沉，乌云四塞，小言草草睡过一觉便猛然醒来，看了一眼还在旁边小床上酣睡的琼容，轻手轻脚地走出帐篷，去到龙王主帐中跟云中君告别，全身披挂整齐，手执瑶光剑，跨着骕骦风神马，带领一众兵将去北面海域中巡逻。

这一天天色晦暗，风高浪急，正当小言在海涛中劈波斩浪前行时，忽见一别部水卒撞到马前，跪拜禀道："报！报张少君，我部高阳湖卒于前方巡逻，在绿藻漩涡中抓住道人两名，形迹可疑，聒噪不停，如何发落还请少君指示！"

报信之人正是另一支巡海水军的部卒，不久前他们在海波中遇到两个道人，行为古怪，颇为可疑。

现在正是紧要关头，本想将二人随便拘回，但稍相接触，那俩行事疯癫的道装之人竟说和张小言相熟——此时在四渎水卒中"张小言"之名十分显赫，因此高阳水部统领不敢怠慢，赶紧着人来正在附近巡逻的小言鞍前禀明。

小言一听水卒之言，心中也是诧异，因为这三天里，虽然援军从四面八方而来，但自家道门一脉倒没谁赶来南海。因此，听得禀报他也不便立即出言决定，只是招呼一声，带了十几位亲近部卒离了大队，跟在报事水卒后面朝他口中的出事地点赶去。

一行人赶到时，还离得很远小言便听见一阵高声大嗓的喝骂声顺风传来，侧耳细细聆听，小言便听到几句零言碎语夹在海风中轰轰作响："你们……这些不开眼的水怪。……闪开，别耽误我伏豹道人的正事……"

"伏豹道人？"听得这陌生的名号，小言满腹狐疑，转脸看了一眼灵虚真人，见他摇了摇头，显见对这道号也不清楚。

见如此，小言赶紧催马走了一程，离得近了，便听在那哇哇叫骂声中还有个清和的声音正在耐心劝道："伏豹道兄……且息雷霆之怒，依我说虽然驯服禽兽之事紧迫，但也不妨等你师侄来了再说……"

几乎就在这句话话音刚落时，小言等人也赶到了出事海域附近。因为一直在海面平行，他朝前面声音传来的地方望去，只看见一群玄甲军卒，几乎有上百号人，正舞刀弄剑黑压压地聚拢在一处，将那处海面围得水泄不通。

朝那边再走近了些，不用小言升空俯瞰，那群围着的湖兵察觉到他四灵战甲上发出的神光，顿时朝四外一让，将中间两个闹事的道人孤零零地晾在海面。

到了这时小言等人才终于看清，原来两名闹事道人旁边，正奔腾咆哮着一只巨大的黑豹，黑豹乌黑的毛皮油光水滑，四爪踢腾，面容凶恶。

黑豹旁边两位道人中一个面相清和，举止从容，身着一袭半旧月白道袍，飘然立在风波浪尖；另一位则身形高大，头上梳着日月双抓髻，黑红脸膛，满脸络腮胡，长相甚是刚猛。刚猛道人离黑豹最近，一只手正抓着黑豹的顶花皮，一边手忙脚乱地应付吃痛豹子的踢腾，一边抽空朝四周的湖兵怒目而视。

"咦？"

一见手抓黑豹的红脸道人，小言身旁的灵虚真人讶然叫道："赵道兄？怎么是你？"

听他说话，正忙得不可开交的老道人赶紧从百忙之中抽出空来，抬眼朝外一看，瞥着灵虚子几人，当时大笑起来："呀，原来是灵虚真人。我们好久不……哎呀！"

问候话还没说完，红脸道人便突然一声惨叫，愤怒叱骂道："好你个畜生——咳咳，灵虚老道我这可不是在骂你——你竟敢偷袭！"

原来刚才说话的当口，红脸道人只不过稍一松懈，暴怒非常的黑豹便一

把挣脱,猛地蹿起,张着血盆大口,一口便咬在了红脸道人左臂上!

"哎呀!"

那样凶猛的巨豹,张嘴一合几有千斤之力,这一口咬实了那还得了?刹那间小言、灵虚子等人大惊失色,全都准备冲上去出手相救!

只是就在这时,却听得在黑豹沉闷的低喘声中红脸道人大声呼叫:"别来!别来!都别伤我爱豹!"

听他这般说,众人尽皆愕然驻足,还没等大家反应过来,四下飞溅的浪花中灵虚真人的道友扬了扬右手,看准方位竟又把正在不住扑腾的黑豹的顶花皮抓住,嘿地一运臂力,一下子便把黑豹沉重的身躯撷到一旁,一边撷开豹躯,一边还口中念念有词:"黑儿啊黑儿,你跟了我这么多月,却还是不长进。你一口咬来,道爷我化臂为石,最后你只落得门牙崩落两个,还得赖我老道医治……"

听得刚猛老道絮絮叨叨的抱怨之词,周围旁观众人均目瞪口呆!

到此时,小言驱马到得近前,在灰亮的天光中看得分明,这两人竟然都是自己的旧相识。

那位身形高大的红脸道人,自己以前曾在罗浮山上见过。当时自己正带着琼容去飞云顶求情,请求掌门开恩让小姑娘留下,当时这位红脸道人,正驱着一只白额吊睛猛虎,在掌门轩房中跟大家自称"伏虎道人"。

他身旁那位仙风道骨的素衣道者,小言同样与他有过一面之缘。当年和灵漪儿赴南海观赏海昙花,正碰上这名号称"流步"的海外仙客用两只奇禽蛮蛮鸟代步,现在想来,好像当时还出了点事故。

既然都是旧相识,等两相见面一说清,双方顿时嫌隙尽释。着人将那只凶猛的踏水黑豹圈住,小言、灵虚子便邀流步仙与赵道人一起来到一处风波较为平静的海礁旁,听他们叙说详情。

等听过灵虚老友赵真人详述，小言几人才知道，原来到今日中土原本近似一盘散沙的闲散道家教门，也终于达成共识。

他们确定，几个月前岭南同门遭受的那场冰天冻地、六月飞霜的大难，并非是他们教门有人犯下十恶不赦的罪行，所谓"神罚天谴"的传言，在这些才智出众的教门真人详查下，也都被确认并非事实。

因此，往来沟通，甚至召开了连续十数天的闭门会议后，最终这些道家同门才得出结论：应该增援。于是就在大约一个月前，天下几个主要的道门，譬如鹤鸣山的天师宗、委羽山的妙华宫，英才尽出，从各地先后赶往岭南罗浮山，汇聚上清宫，决计等南海恶神再度攻来时，一齐同心御敌。

所幸的是和传闻一样，那些南海恶龙果然被四渎打得几无还手之力，天下众教门汇聚罗浮山半月有余，虽然整天枕戈达旦，却始终风平浪静。

此后又等了几天，到了近几日，四渎龙君传檄四方，这些保卫罗浮山的道人自然也听到了消息。因此简单商量了一下，罗浮山新掌门清河真人牵头决定，准备派出一部分人手前来南海支援。

如此议定之后，他们便先派和灵虚真人、小言堂主都相熟的赵真人来南海探路交洽，准备问明各项情况后再派大队人马向南海进驻。

在这番一本正经的禀述报告中，爱好驯兽几成痴癖的赵真人，还是被灵虚真人几次看似漫不经心的询问，套出了一路上的实情。

原来赵真人虽然日夜兼程，却仍痴迷驯兽之术，一路都在驯化他那头颇通灵性的黑豹，准备看看这回能否将其顺道驯服。

那位灵虚子以前并不相识的流步仙长，也是赵真人在驯豹途中结识的。只不过稍一交谈，他便发现两人嗜好相同，不仅都喜爱驯化、亲近兽禽，而且都对个中之道大有心得。

因此，二人顿生相见恨晚之心，不仅称兄道弟，稍后本来习惯云游四海、从来不拘形迹的流步仙长还花了几十文钱买了一身半旧的道服,和赵真人一起向南而行,准备来南海援助四渎。

除了流步仙长这回前来的因由,在灵虚子一番旁敲侧击和"伏豹道人"赵仙长的高谈阔论中,小言还得知,原来当年的"伏虎道人"、今天的"伏豹道人",本名赵大通,除了伏虎伏豹之外还有个固定不变的道号——三景道人。

有此"三景"道号,实因赵大通赵真人,虽然一身降豹伏虎的本领还很有提升的潜力,但在道家幻术上的造诣,已经出神入化、独步天下。

和那些同障眼法差不多的幻术不同,赵真人的幻术能够幻化有无、往来虚实,在当今道门中几乎已可称为神术。

具体而言,赵真人最拿手的幻法神术,和道门老祖传说中的一样,可以一气化三景,极天极地,无边无涯,分别现月轮呈瑞之景、日曜洞明之景、星芒焕宝之景。这三景皆大放光明,照耀无遗,直教人无处遁形。若法力不深、心志不坚者,堕入这三景之中必死无疑!

可称当世道家泰山北斗的灵虚真人介绍时,对老友这三景幻术颇为推崇,但在小言看来,三景道人赵大通言语神情中,却似对自己神乎其神的三景幻术并不在意,反倒始终不遗余力地跟别人吹嘘自己的驯兽之术如何出神入化,数说种种不堪推敲的成功事迹。

见得得道真人说话时,各种言语神情都是自然流露,绝不做作,所以到最后从来聪睿机敏的小言也有些不敢确定了,只觉得高人行事果然高深莫测,说不定肤浅的表象下还蕴藏着什么深奥的寓意,看不出来只是因为他这样的后生小辈道行不够,不得妄测。

虽然小言认定眼前的古怪行径只是奇人异士嬉戏风尘的游戏之作,却也不禁怀疑他们是不是装得太过。

此后一同返回伏波洲大营途中,那头凶猛的黑豹不听任何人摆布,最后还是被一众妖灵水卒制服，乖乖跟大队人马一同返回驻地。

至于那位流步仙长，小言等人恭声请他一同回转四渎大营去见云中君，神姿飘逸的潇洒仙客刚刚才从风尖浪头上飘然起身，准备驱动坐骑乘雾而去，谁知不知何故脚下一滑，竟两腿劈分一个四仰八叉，吧唧一声摔在了海浪波涛之中，可谓狼狈至极！

见流步仙长跌倒，众人大惊之下赶紧向前，将仙长扶起细问缘由。听过流步解释，才知道原来刚才的事故只是偶然，不过是因为流步那两只原本一直驯服的坐骑蛮蛮鸟今天有些倦懒，才不小心在起步之时让他脚下稍稍一滑。

听得这个解释，除了小言之外，众皆释然。此后流步仙长，恐是为慎重起见，还是暂时放弃了代步的神鸟，只略略施展些神行之术，和众人一同往南边飘摇而行。

军伍回转，一路无话，但在整个返程途中，队伍里有一人却思潮起伏，十分慨然。

此人正是三景真人赵仙长。碧波翻卷、白浪纷飞之中，道行高深却又性情豪烈的三景真人，此刻侧脸望望身边陪行的英武少年，再看看身前身后一队队井然有序默然前进的玄灵兽卒，心中竟忽然生出万千感慨："唉，这四海堂小堂主……小小年纪竟有如此造化威名。想我老道刚才和人争执，提了灵虚老友竟没什么人认识，直等托言这张姓少年乃我师侄，这些凶神恶煞的悍卒才撒下刀兵。"

想至此处，看看四周，三景真人赵仙长又连叹两声，更加慨叹："唉，和我这师侄一比，我这一大把年纪算是白活。要是哪天我也能像他这样，让这许许多多的禽灵兽精俯首帖耳，真心驯服，便可觅一处仙山洞府，世外桃源，忙时闻鸡起舞，闲来对牛弹琴，烦闷了便朝河东狮吼。唉！如此赏心乐事，极乐生涯，怎不教人心生羡慕，顿起逃名遁世之心！"

第九章
星河踏马，长剑直指天外

小言将赵真人和流步仙长接到伏波洲四渎大帐后，云中君从百忙之中抽出空来隆重接待。

此中种种款洽细节自不必细说，大约就在这天下午未时，喝了些龙族佳酿的赵真人和流步仙长兴头正高，不管先前路途辛苦，当即告别云中君，不用黑豹、蛮蛮鸟代步，各施神通，一溜烟地往北方去通知那些还在郁水河出海口等他们消息的道门弟子。

没了牵挂，这两位得道高人脚程委实不慢。到了这天深夜子时，他二人便已把那一群前来支援的道家弟子悉数带来。

虽然他们到时已是深夜，但伏波洲上仍是灯火通明。云中君大帐外宽阔的空地上，各样美味珍馐如流水般排下，蒲团座席间妖神灵将济济一堂，由四渎龙君亲自主持，一起给这些从中土凡间而来的道子接风洗尘。

在筵席四旁高挑的火把灯光里，小言看得分明，这回赵真人领来的老少道人有三四十名，仔细看看，其中颇有几位自己相熟的故人。比如，人群中有本门华飘尘、杜紫薇道侣，有天师宗林旭、张云儿夫妇，还有妙华宫的卓碧华和南宫秋雨。

说起来，经历几月几年之后，再在这涛声满耳的南海中见到几位道门故友，小言一时竟觉得有些恍若隔世。记起罗浮山中会仙桥畔，和容光娇艳的杜紫蘅初次冲突；记起千鸟崖明月清风里，和飘逸出尘的华师兄对月把酒，现在他们俩已结成情意绵绵的伴侣。

还记得两三年前在南海郡揭阳县火云山中，和处处逞强的天师宗道友林旭，还有他旁边温柔如水的张云儿并肩作战，现在他们也已结成夫妇。

还有罗浮山岚雾缭绕的清幽山道上，委羽山的多情公子南宫秋雨，曾对自己四海堂中的梅雪仙子雪宜一见倾心，现在再见时，只见他满脸憔悴，恐怕南宫秋雨几个月前听到那个噩耗的悲痛并不在自己之下，直引得旁边那位妙华仙子卓碧华满目温柔，时时看他。

谁承想，现在目光温柔满含体谅的出尘仙子卓碧华，当年是那样心高气傲、冷若冰霜。

所有这一切，现在想来宛如梦幻。斗转星移、流年似水，时光总能轻易改变一切，冲淡一切，几年后再相逢时，双方便已如隔了霄壤。

当然，小言并不知道，他看那几位故人时有这许多感慨，往事一桩桩一件件地涌上心头，那几个道门故友看他时，又何尝不是这样？

在这样幕天席地的筵席间，他们发觉，饶是道家同门的少年谦抑，却仍如众星捧月般光彩夺目。无论是席间那些传说中的水族神祇，还是一个个面貌凶恶桀骜不驯的妖怪，一旦提起"张小言"这三字无不赞颂，种种离奇的传说在席间众口相传，座客们殷勤敬上一杯杯美酒。

"他还是上清宫那个张小言张堂主吗？"座中许多道友仙长反复观察，心中多次怀疑！

酒至三巡，宽袍大袖、言语温文的神样少年，在一众妖灵水神的撺掇下欣然仗剑而起，飘飘离席，跨步到半空中提剑起舞，向这些新来助战的同门

故友舞剑祝酒。

在铁画银钩的半空剑舞中,酒至半醺的少年在满空流窜的神剑电光中高歌一曲,颂的是:

海犀半吐传真句,

翠浪连天,

仙剑飞如雨。

一笑相逢蓬海路,

人间风月如尘去。

凤台瑶筝送酒醴,

醉到天瓢,

云中观雕戏。

此会未阑君须记,

霜刃几度吹红雨……

歌唱之时,满席众将尽皆击节。响亮整齐的节拍里,中原本豪雅兼备、超凡脱俗的唱词,竟显得雄壮恢宏无比,只听得众人热血沸腾,恨不得马上冲锋陷阵、斗法对敌!

这时席中谁也没想到,期待中的激烈战斗很快便到来了。第二天凌晨,便从新近归顺的神牧群岛传来一个惊人的消息:南瀛、桑榆、中山三洲,又反了!

话说这日,刚刚曲终人散,便有几名喋血突围的神牧群岛武士,在一队四渎甲士的护送下来到伏波洲大营跟云中君报告,说就在昨天夜里,神牧群岛辖下的南灟洲族长枭阳带着十几个武士前来神牧群岛，说有要事禀告神牧群岛岛主雍和，没想到议事之中竟暴起发难，杀害了许多神牧群岛长老。

事后说起来，南灟等三洲要反也不是丝毫没有预兆。神牧群岛岛主和一众长老都是深谋远虑之辈，况且南灟等三洲就在眼皮子底下，事先也是曾看出些蛛丝马迹的。其实那日天象大变之后，雍和便发觉自己属下三洲的首脑似乎在跟孟章势力暗通款曲，手下的武士也都蠢蠢欲动。只是，虽然有些蛛丝马迹，但一直并未找到明确证据。

而到了这个当口，神牧群岛岛主雍和对眼下四渎欲肃清南海之心早已毫无二意，自降了之后便真心替四渎出谋划策，希望早日结束这场战争。因此昨晚他听说南灟族长枭阳只带着少数几个随从，前来岛上跟自己议事，想想这是自己世代居住之处，不该有什么差池，于是他便不疑有他，反而还想借着这个机会，跟枭阳仔细周旋盘问，弄明白他心中到底如何打算。

只是，正所谓"有心算无心"，饶是雍和有些提防，也万万没想到南灟、桑榆、中山三洲重新倒向孟章的速度如此之快！

这一回前来，悍将枭阳随从中竟混着好几个水侯的贴身龙麟近卫，一个个魔武双绝，当时在狭小的议事厅中暴起发难，近战中竟几乎无人能敌，将与会的擅长法术的神牧群岛长老大部分杀害。遇难众人中，除了神牧群岛的长老之外，还包括几个四渎派去参与神牧群岛一岛三洲布防的水神灵将！

到最后，在这场惨烈的叛乱之战中，四渎一方竟只有雍和跟另外两个长老逃出！

这一切早有预谋，其后的攻城略地自然滚滚而来。就在枭阳率人出其不意地发难之后，南灟、桑榆、中山三洲的海猿战士云集神牧群岛外，鼓噪叫器,意图里应外合,一举攻下神牧群岛!

　　这时南方孟章龙军,依照约定向神牧群岛方向鼓浪前进,准备配合枭阳叛军一道将这神牧群岛一岛三洲拿下,从而在环海岛链的最东端将四渎、玄灵布下的包围圈撕开一个豁口,为日后的反击打下一个重要的基盘!

　　只是,虽然他们设计巧妙,种种细节也谋划得出人意料,但四渎方面也不是等闲之辈。

　　自从不费吹灰之力降伏神牧群岛一岛三洲之后,饱经沧桑的云中君便觉得此事进展太过迅速,日后反而容易生变。

　　云中君看出,虽然一样是降服,神牧群岛上的旭日重光族,种种言行举止都表明是真心拥护;而那些海猿神将,貌似恭顺,其实桀骜,一有风吹草动便可能蠢蠢欲动。

　　因此,在他们归降之后,云中君便在神牧各岛附近驻扎下重兵,布好几道防线,西南海面更是水寨密集,成为四渎方面一处重要的屯兵大营。

　　这样布置,一方面方便将来与鬼方联手攻击,另一方面也能防止陡生变故。这样未雨绸缪的布置,终于还是派上了用场。尽管南瀛三洲旧部和孟章水侯悉心谋划,但始终无法绕过力量强大的数万四渎龙军。因此,就在他们的冒险计划接近成功,枭阳预先布置的海猿战士开始围攻神牧群岛时,形势却渐渐发生了变化。

　　原本计划悄悄潜来的南海援军,很快就被四渎斥候发现了,双方激战一场,一直在神牧群岛西南六百里的地方僵持,南海援军始终无法靠近神牧群岛,而神牧群岛上擅长法术、号称旭日重光神族的神牧海族,自刚开始的慌乱过去之后,也开始进行有组织的抵抗。

　　也不知是否因为背水一战,千百年来统领三洲的神牧法师虽然人数不多,却将十倍于己的猿族悍卒挡在了神牧群岛外,让他们始终无法登上海岛一步,接应他们的首领一起作乱。

于是,综合了所有这些因素,四渎龙军一路反攻,到了这天上午,不仅枭阳手下的叛军没能踏上神牧群岛一步,便是混上岛的枭阳还有那几个龙麟卫,最后也被打得筋疲力尽,差点被捉住。

到最后,枭阳等人只得黯然退出神牧群岛,收拢残部一起朝南瀛三洲退去。他们最大的希望——那些原定前来接应的南海龙军——早被越聚越多的四渎龙军挡住,一番殊死搏斗后,只有一部分最擅深海潜行的海神兵卒冲破了天罗地网,来到南瀛三洲与枭阳叛军会合。

这般情形,倒应了市井间"强龙不压地头蛇"那句俗语。经过前段时间的不断攻取,南海北疆一带已经被四渎龙族牢牢控制,这番叛军作乱,更是让所有南海的力量都觉得四渎兵力有增无减,源源不断。

此后四渎龙军穷追猛打,不到三个时辰,便将枭阳叛军赶入了三洲最南端的桑榆洲中,再也动弹不得。

之后,退入桑榆一洲的枭阳残部和南海援军,便全都只剩下精锐将卒,而且被迫聚拢后竟然数量还不少,因此他们退入经营已久的桑榆大洲作困兽犹斗后,四渎龙军竟再难前进一步。于是,双方就这样僵持了下来,各自等待双方的后援力量来到。

这种情况下,四渎这方云中君当机立断,立即委派张小言率领妖族水族各部,携带攻坚器械,尽速挥师桑榆洲,力求将枭阳叛卒和南海援军尽快歼灭。

正是这场战斗,吹响了整个南海战争中最惨烈征战的号角,从此之后,烟波浩渺的南海大洋中翻天覆地,再不复旧时景色,那些自告奋勇随军攻击的中土道门弟子,也将在这场由那个叫张小言的同门弟子指挥的战斗中,见识到一个前所未有的天地!

正是：

> 水调高歌击碎杯，
>
> 海天一啸便成雷。
>
> 星河踏马狂说剑，
>
> 三百华年若梦回。

第十章
不测之端，种于一捻傲骨

围剿桑榆洲反叛残部的战斗，在这天下午申时开始。

日辉西斜之时，张小言所率妖神大军便从伏波三洲兵营倾巢而出，浩浩荡荡地朝东北方向的桑榆大洲火速疾行。匆忙行进的队伍中，那些新来支援的道门弟子，也随主帅张小言一起出征。

在苍茫海天中疾行出征，对于小言来说，已是司空见惯，没多少出奇，但对林旭、南宫秋雨等人来说，仅仅是海面、海下、天空三路齐进的壮观奇景，便足以让他们一路惊叹，激动莫名。

新来海上的道门弟子抬头望望天上，只见黑压压的猛禽战士如乌云般忽聚忽集；转头看看左右，身周海浪波涛中，各色稀奇古怪的兽怪水灵执械而行；再低头看看脚下，脚底深蓝的海水中，一路沸腾，不时有面貌奇特的水族海灵突然钻出，跟身边披挂整齐的少年喁喁而言，然后行个礼复又钻回海水中去了。

只是，置身于百世罕见的海空军伍，再望望身边四周漫天遍海的妖灵水怪，这些道门俊杰激动之余，不免有些尴尬。谁能想到自己往日一心执剑卫道、除怪灭妖，却有一日竟要与妖怪为伍，而妖怪数目还如此庞大?!

留意到他们面色古怪，往日的同门少年小言倒没想到这上面去，他只以为身边这些同门师叔伯、师兄弟第一次参加这样的妖神大战，可能有些紧张，于是便一路安慰，告诉他们这场战斗实力悬殊，叫他们不必担心。

相对华飘尘、南宫秋雨他们，小言已算久经战阵，便一路耐心地告诉他们种种战斗技巧。比如，过会儿和敌人短兵相接时，他们这些陆上来的道门弟子，一定要记得御气立在离海面三四丈高的空中，这样不仅可以眼观六路、耳目灵通，还可以提防从海面下忽然蹿出的海怪前来突袭。

不过，虽然这般交代过，等快到桑榆洲外的战场时，小言还是改变了主意，决定把这些同门留在自己身边。于是，当这些道门弟子已被小言说得跃跃欲试，准备将一腔除妖卫道之心应用在对面那些反复无常的海猿妖怪身上时，却被小言告知，过会儿战斗开始后他们暂不必冲锋陷阵，只要留在他身边居中策应，保卫中军统帅安全即可。

听得这样的建议，这些新来的道门弟子望望小言身边与他同行的灵漪儿、琼容，还有老态龙钟好像一路都在打瞌睡的谋臣罔象，在不是十分知晓底细的情况下，一时都觉得小言这提议十分正确，中军充斥老少妇孺，确有重点保护的必要。

这一场扑灭叛乱的战斗，在申时之末正式打响。

不知是否是感应到了弥天漫地的肃杀之气，这天的黄昏好像提前到来了。当林旭等人越过前面密密麻麻的军伍，看到前方海波中隐约浮现的黝黑大岛时，四下正是残阳如血。赭红的夕阳，将原本锃光瓦亮的盔甲兵刃涂成了血红，在海风中猎猎作响的各色旗帜，仿佛也只剩下一种颜色。

"好个奸贼，果然死不悔改！"听完前去劝降的军士带回的报告，年轻的统帅在帅旗下怒喝道，"反复无常的小人，既然不知死活，那今日就叫你们死无葬身之地！"

既然对方的反应和四渎龙君所料不差,那后续的步骤也便按云中君嘱咐的方略来。笼罩在四灵神甲散射出来的灿烂神光中,少年统帅向三军将士下令,让他们在接下来的战斗中格杀勿论,消灭一切意图抵抗的叛军。

主帅一声令下,战斗就此开始!

数量庞大的讨伐大军在桑榆洲西南排开,各种排兵布阵的命令从各级统领口中一级级传递下去,转眼妖神混合的大军的兵锋便已直指桑榆大洲,如一只握好的巨拳,只须主帅一声喝令,便可将眼前巍然浮现的海外大洲砸个粉碎!

这时,那些负隅顽抗的海猿叛军也做好了殊死一战的准备。

在首领枭阳的命令下,精锐的海猿战士已在四渎一方可能登陆的海滩上布满。最精通水性的族灵,拿着最好的兵器,隐藏到浅滩外海水中高耸的鲸砑内。就连族中经过上午连番争斗已经所剩不多的老弱病残,也都躲藏到了洲中央纵横交错的壕沟堡垒中。

对这些负隅顽抗的海猿叛军而言,他们身后已没了退路,只能背水一战。他们觉得只要多撑得一时,便会多一分生存的希望,因为在南方,那些隐隐约约的喊杀声仍断续传来,表明他们真正应该效忠的雄主孟章仍没放弃,仍在对他们努力救援,他们一旦突围而出,无论剩下多少人,都可给所有注视着这场南海争斗的势力莫大的昭示:南海旧部仍然心向孟章,往昔的水侯对他们仍未放弃。这样一来,人心相背或有转变,将来的战争结局仍未可知。

只是,他们这样的如意算盘,一厢情愿了些,谋略过人的龙族军师怎么可能让这样的事情发生?这次攻打一个小小的桑榆洲,便让战无不克的小言统领大军前来,正是要明明白白告诉这些仍心存幻想的叛卒,要么当机立断弃暗投明,要么就是死路一条!

既然桑榆洲叛部誓死反抗，之后的大战便不可避免地到来了。

面对着桑榆洲外耸立如山连绵若川的海鲸骨砦，四渎搬来数十架从后方运来的名为"千叶火轮梭"的攻城器械，正对着如山川般护住桑榆洲海滩的巨鲸骨架一字排开，随着负责这些器械的四渎灵将一声令下，顿时有千万点火光如蝗阵般掠过夕云如火的上空朝桑榆洲密集飞去，转眼便砸在那些坚固的鲸砦上！

云空下，中原四渎能工巧匠不知用什么材料制成的火梭，带着夺人心魄的啸音一齐砸在那些看似坚不可摧的鲸骨上，顿时便燃起冲天大火，原本雪白的森森鲸骨眨眼便被烧红烧化，一段段燃烧的骨骼残片如一只只蛾子四下飞散，落到动荡的海面上发出哧哧的声响。

而枭阳等人为了防止四渎大军从宽阔的骨骼间攻入，特地别出心裁地搭配好鲸骨的尺寸，大鲸套小鲸，重叠交错，让这些御敌工事只留下小小的缝隙，根本不容一人过。只是现在，更多的火梭从这些看起来并不宽绰的鲸骨缝隙中从容钻入，直接射在那些藏在鲸骨中正不断放箭的海猿战士身上。连叫一声都来不及，鲸砦中的射手便在千叶火轮梭巨大的冲击下，粉身碎骨，魂飞魄散！

只这刚刚开始的第一轮攻击，便已让原本气象清明的桑榆洲外大火熊熊，烟气氤氲。冲天的火光，掩盖了西天的残霞。燃烧的碎片落入海水时激起的青烟黑气，就像天边的乌云一样，渐渐笼罩了整个桑榆大洲。

奇异的轮状兵械射完所有的火梭之后，庞大的四渎军伍便轻松地越过它们，直面已经失去保护的桑榆洲。

被千万只火梭扫过一回，此时桑榆洲海滩附近那些残余的海猿战士已经基本一个不剩，他们不是当场死于非命，便是在刚才那些奇怪的火箭齐射中没命地后退，躲到飞蝗一样的火梭射程之外。因此，这些力大无穷、目光敏锐的海猿战士再善射，现在也威胁不到那些远在洲外的四渎将士。

"咚、咚，咚咚，咚咚咚……"

动人心魂的战鼓终于敲响，随着一声声越来越密集的鼍鼓鼓点，正式冲锋终于开始！

一头头身躯庞大的望月犀牛，冒着箭雨，不顾伤亡地奔过海滩的浅水，带着它们身上的骑士撒腿向前冲去。

一只只硕大的铁蹄，仿佛踩着身后咚咚的鼓点，砸在坚硬的石地上，发出更加惊心动魄的声音，和鼓声汇聚在一起震动着整个洲岛，仿佛巍然耸立海中的大洲不知何时便会分崩离析！

在这些发狠狂奔的犀牛身上，坐着更加凶狠的妖族骑士，一个个狰狞着面目，口中发出狂野的呼喝，"妖主""妖主"，仿佛呼喊着妖族新主的名号更能增添力量，一个个如虎添翼，高举着雪亮的战刀朝负隅顽抗的叛军杀去。

在他们对面，面对疯狂的妖族铁骑，出身海洋的海猿部族有些不知所措。除了先前耳闻，他们中又有谁曾亲眼见过这样百折不回、磅礴向前的铁骑洪流呢？面对这样惊人的声势，原本准备拼死抵抗的叛乱军士已有不少开始隐隐后悔，原本紧紧握住弓箭的手不知不觉有些发软。

不过，到了这个时候，任何害怕后悔都已没有什么用了，面对眨眼就到眼前的迅猛妖骑，除了抵抗他们别无其他生路。于是，早已蓄势待发的强弓硬弩按时发射，就如同先前四渎大军砸来的千万朵火轮梭一样，海猿锐利的箭镞破开空气，带着恐怖的嚣叫密集飞出。

只是就和刚才第一轮意图阻止犀骑登陆的箭雨一样，这些往日驰名南海的强弓劲弩，并没给如风暴般狂卷而过的妖骑带来多少实质性的伤害。现在这些玄灵妖族中充当死士的冲锋骑士的装备早已今非昔比。他们手中，再也不是开始时那些粗疏低劣的次品铁刀，资源丰富、技艺精良的四渎

龙族,已给他们换上了玄铁打造的钢锋战刀。

握着前所未有的宝刀,往往这些大力的妖灵一刀下去,敌人便被连盔带甲劈成两半!最重要的是,除了右手重刀之外,他们左手中还扣着东海水族特有的硬贝盾牌,可以随时挥舞抵挡刀枪箭矢。

因此,即使枭阳手下最善射的神射手,在犀骑冲锋中最多也不过射下一两个稍有疏忽的妖族骑士,还不如海猿族中善战之士飞扑而上,将凶悍的陆地妖骑拉下马来,拖倒在地来的多。

只是,冲锋而来的犀骑实在太快,当它们如一阵旋风般从洲上刮过时,最后掉队的其实并没多少,少数几个被拉下马的,也都很快一骨碌爬起,各个现出原形,四蹄如飞,一溜烟地去寻自己的大队人马了。

转眼之后,这一波犀骑的攻击便告结束。

眼见着犀骑直来直去,如一阵风刮来,又像一阵风般吹去,转眼就已消失在身后洲外的烟波中,仍固守在桑榆洲的海猿不知战力占优的攻击者葫芦里到底卖的什么药。

不过,即使刚才那轮攻击中死伤不多,南灂三洲土生土长的海猿部族精心布下的层次分明的近战远箭的防御阵势也已被冲击得七零八落。

而这时,真正清扫绞杀桑榆洲叛军的四渎主力,已完成最后的冲锋准备。

刚才片刻间,随同大军前来的上清宫七子,已合力完成了一个强大的道法——坚波固海。

就在直来直去的犀骑大队冲入洲对面海波中之时,整个桑榆洲外正对着四渎大军的西南面,原本动荡不住的海水已奇迹般地变得如明镜般平静,汹涌不停的海水表面已如蒙上一块坚韧的牛皮,无论鹰爪狼蹄如何践踏,总是不滑不陷,只像踏在鼓面上一样咚咚有声。

上清宫七子目睹了这些天的大战后,悟出在这样宏大的战争中,面对那些身具法术的南海异族,单凭一己之力御剑杀敌的话于战局并无太大影响。因此这些天里,他们几人抓紧时间悉心钻研,意图研究出一种能辅助大军攻击的道法。受上回小言冰冻海面帮助妖骑起跑攻杀的启发,最终他们集上清宫多种秘传之术,创出一种坚波固海的辅战之法。一旦法术施出,海中便能结出坚硬水皮,走在上面如履平地!

此时这几位一心协助四渎攻伐无道的上清宫道长还不是十分清楚,正是他们这样看似无关大局的战术细节,直接带来了之后海陆势力的此消彼长。

陆地上的人类妖族,一直面临着像孟章那样可以从河川天空自由攻击自己的危险,有了上清宫的坚波固海法术之后,今后再面对这些海族侵袭之时,他们便不再只能被动地防守。

略去闲言,就在火梭清扫完障碍、犀骑冲散桑榆叛军阵势之后,小言一方便由能征善战的黑水狼王秬吉率领昆鸡狼骑出击。

在惊天动地的鼍鼓齐鸣中,席卷如风的妖骑在桑榆洲外海面上奔波一圈,如向内的螺旋一般,渐渐向内收紧奔跑尺径,片刻之后,终于踏上了桑榆洲。

在外围海面上加速跑了一圈之后,能跑善跳的碧眼昆鸡、辟水狼骑已形成势不可当的洪流,如电如雷,裹挟着震动海天的蹄声鼓声喊杀声,朝洲内惊恐莫名的叛军冲去!

金翅碧眼的巨大昆鸡,配合着全身铁灰的辟水狼骑,如同卷起一阵稍离地面的飚风,在并不太大的桑榆洲中形成了一道迅疾转动的铁箍。这铁箍越转越快,不断朝洲内收缩,不知何时就会将这洲岛上的一切箍得粉碎。

在早已加速、迅如闪电的铁骑面前,昆鸡苍狼身上的战士不用如何砍杀,那些惊惶错乱的叛军便已被势不可当的铁流冲垮,七零八落,非死即伤。此刻在妖骑洪流最前面,一骑当先的狼王秬吉身后飘起的玄黑披风,就像一支弯曲疾进的黑色箭头,不断向内延伸,指示着战斗的进程。

面对这样迅疾发展的战事进度,一直待在小言身边的道门弟子全都心旌摇动,目瞪口呆!

透过仍在燃烧的火光烟光,他们看到,早已喧闹得沸反盈天的洲岛上,自己这一方如石击鸡卵,整个战事竟是一边倒,原本还想着去助一臂之力,这时却发现自己竟毫无用武之地。

站在师兄南宫秋雨旁边的卓碧华,引颈朝喊杀震天的战场看了看,忽然掠众而出,白裙飘飘,绰约立到小言悬停半空的马前。

"嗯?"

小言正一直紧张地注视着前方桑榆洲的战事,忽见卓姑娘来到自己马前,不觉有些奇怪,但还没等他开口问询,容华绝代、傲如冰雪的卓碧华便已侧身朝他微微道了一个万福,开口说道:"张堂主,莫非你不见眼前争斗,已成屠戮?"

秉持道心的卓碧华继续说道:"张堂主,莫非你已忘了出家人以慈悲为本,上天有好生之德? 虽不讲'池中有鱼钩不钓,山前买鸟放长生',但现在胜局已定,堂主何不令他们住手?"

"唔……"

虽然谁也没想到会有这样的小插曲,但卓碧华这番言语,确实说出了小言近旁那些道门弟子的心声。

不仅如此,他们中有些人还觉得,卓师妹这番抗辩请求,说得还算客气,如果要让他们直言,说不定还会忍不住责备道门出身的少年忘本。

卓碧华说完等待张小言答复之时,四渎玄灵中军一下子静了下来。

帅旗附近所有的目光，都聚集在这两个年轻男女身上。

这时已经入夜，四围夜色笼罩，天色暗了下来，前方战场中火光熊熊，这处列阵如林的中军中，只有帅旗下小言人马立处最为明亮。

光华艳艳的四灵神甲，仿佛汇聚了这方天地中所有的光彩，在阴沉的暗夜里灿耀闪亮；金鬣银鬃的骦骦风神马，也和主人身上的灵甲相映照，迷离的光影缤纷缭乱，蹄间宛如云蒸霞蔚，将立处辉映得如同神境一般。

只是，此时立在骦骦风神马前为桑榆洲生灵请命的卓碧华，面对着己方主将，面色淡然，仰面直视着耀眼的神芒，双眸圆睁，头上道巾下向后飞扬的乌黑长发，就像一艘逆风而行的船。

"呵……"卓碧华等了片刻，却听到高踞马上的小言笑了。

只听得小言语气温和地说道："卓师姐，你这个问题，今日我却不想回答你。"

"嗯?!"听了这样的回答，妙华宫骄傲的卓碧华无比惊奇，短暂惊讶过后，本就腹诽的她变得更加生气。

"为什么?!"

"呵呵，卓师姐，因为我相信，再过一些时日，你根本不会再问我这个问题。"

"你!"

生气的女孩一时没想清小言话语的含义，只觉得自己再一次遭到小言的轻视。于是她一张洁若空谷芬兰的娇靥渐渐涨得通红。

正当她满心愤怒、粉靥渐红之时，旁边有几个武士手执钢叉雄赳赳奔来，看那架势竟是想将她叉到一旁。

这卓碧华并不知道，按四渎军中战时的规定，如果不是主帅亲准，任何人都不得奔到主帅面前，阻挡住主帅观察战场的视线，现在卓碧华立在小言

马前,正巧挡住了小言观察前方战场的视线!

当然,不知者不罪,喝退了冲来的武士,小言便和气而坚决地请卓碧华站到一旁,让她静观其变,不要出言。

见得小言这样鲜见的气势,还有虎视眈眈的龙族武士,此时包括卓碧华在内的诸位新来道人,隐隐然感觉到,这样的战场上诸事森严,恐怕有许多事情都和他们原先想象的不太一样。因此,小言这番发号施令完毕,他们一时也不作声,那位向来傲然无比的妙华宫掌门爱徒卓碧华,也只好乖乖待到一边,不再出言。

只是,虽然否决了卓碧华手下留情的请求,小言内心里其实还真有几分赞同。

不过,就如同先前毫不犹豫地下"格杀勿论"的命令一样,他现在是一军之主,许多事情并不能从个人感情、个人经历出发。就和出征前四渎龙君嘱咐他的一样,如果这样反复无常的叛军不能除恶务尽,整个战局将会受到无法预测的变化的影响。

因此,卓碧华等人不知道的是,张小言这一路统军来桑榆洲,除了跟他们说说笑笑外,没事时一直在偷偷反复练习——就像琼容那回练习怎么跟自家哥哥生气一样——琢磨着如何在自己下达命令时,面容能更加冷峻,语气能更加决绝!

这时候,似乎一边倒的洲岛战场中,却又发生了一件奇事。眼见这事,小言身边仍自愤愤不平的妙华仙子不用等到将来,只在今晚,便明白了刚才自己悲天悯人的建议是多么不合时宜!

第十一章
凤舞九天，视沧海如杯盏

此番围剿桑榆洲叛军，真可用风卷残云来形容。幻想拖延时间的叛军，没多久就被黑水狼王秬吉率领的骑兵击垮了。

四周高速回环的骑兵洪流，让海猿叛军擅长的射术毫无用武之地；眼花缭乱的旋转，让他们根本不能和以往一样从容瞄准对面冲来的骑兵。

妖兽精灵和海猿往常惯见的海兽鱼灵根本不一样，个个皮糙肉厚，即使偶尔中箭，也浑若无事，还是一个劲地继续往前冲锋。甚至，海猿还见到四渎大军队伍中有一只铁蹄犀牛，浑身已插满箭枝，看上去就像一只刺猬，却仍在闷头向前狂奔，好像身上插的都是稻草秸秆一样！

一贯在南海大洋中颇负盛名的南瀛三洲强弓硬弩，碰上这些前所未见的敌人威力大减，几如儿戏一样！

如果只是这样，歼灭全岛叛军便只在顷刻之间。就在此时，四渎大军注目的战场中却突然起了变故。

从大陆原野而来的骑军纵横捭阖、所向披靡，渐渐接近洲岛中央时，叛军逐渐奔逃汇集的洲岛中部却从地底猛然钻出一座高高的巨塔，方圆数丈，渐升渐高，到最后竟高耸入云！

放眼望去,突然出现的巨塔底部呈圆柱之形,渐上渐现棱角,到得顶处,六棱八角,窗洞密布,看上去就像一座棱角分明的城堡箭楼。

这座不知如何升起的高塔,不知内里是何种材质造就,外围全都装饰五金板甲,在洲内洲外战火映照下发出金属的光亮。

这座怪塔一经升起,不等众人反应,便从整座高塔里飞出千万支火箭,向四面八方汹涌射去。一时间,倒好像那儿巍然矗立着一支巨型火把,正向四外喷发着凶猛的火焰!

"……"

巨塔初起,所有抬头观看的四渎兵士正自愣神,千万支熊熊燃烧的火箭已朝自己铺天盖地而来,嗖嗖的箭枝密集如雨,扑落地上时不分敌我,吞噬着碰上的一切生灵。在这样无差别攻击的火箭之前,不仅叛军个个中箭惨号,就连那些皮糙肉厚的妖兽精灵身上的皮毛皮甲也被火箭洞穿,燃起可怕的烈火!

一时间,原本几乎毫无损伤的玄灵骑军遭遇了开战以来最大的伤亡,转眼地上就出现了数十具尸体,更多的则滚地灭火,一边翻滚一边发出震耳欲聋的嘶号。

这时,天空中原本一直插不上手的鹰隼禽族,见势不妙赶紧飞去支援,谁知那座怪塔发射箭雨并无侧重,天空中也一样火箭乱飞,让那些并未披挂甲胄的禽灵不得靠近。

一时间,得不到支援的苍狼骑军只得在首领秬吉的率领下四散奔避,原本一往无前的攻势就此瓦解,只得在火箭射不到的外围斩杀同样拼命逃离火箭射程的叛军。

一时间,原本看似胜利唾手可得的战局,竟猛然向着那些叛军倾斜!

不过,虽然形势突变,看在小言等人眼里,却知道这不过是那些可恶叛

贼苟延残喘而已。那座高耸的箭塔虽然声势惊人，但一眼便可看出它只是个防御工事，射程并不是很远，最多只在两三丈范围之内，否则为何先前战局如此不利，枭阳一伙也没察出这个杀手锏。

除了这一点，更重要的是杀伤力巨大的箭塔好像并不能人为操纵，不像四渎发射火梭的千叶火轮梭那样还可以瞄准。看它现在这样不分彼此地射杀，显见就是个穷途末路同归于尽的路数。

因此，小言众人心中十分清楚，对于现在正充当进攻主力的苍狼一部来说，最重要的并不是着忙破解奇异巨塔，而是注意躲避，最大限度地避免伤亡。再等一阵，不信一时出其不意的箭塔不弹尽粮绝！

只是，虽然这样的猜想十分合理，但等了一阵，高塔箭雨却不见明显稀疏。大约一刻过去，火鸟飞蝗一样的箭阵仍飞落如雨，不见有多少迟缓。

这时，因为四渎玄灵一方的昆鸡狼骑分散退让以避免伤亡，原本被打得喘不过气来的海猿武士渐渐缓过劲来，大大小小的长老首领们纠集手下残部，开始有规律地朝一些空处聚集，意图在不久之后到来的战斗中跟四渎大军拼个鱼死网破。

这般情形，对一心想要速战速决的四渎大军一方来说，倒也颇为头疼。

正当小言要调派更多大军压上时，忽从旁边闪出一人，跟他抱拳行礼，郑重请令："禀告哥哥，琼容刚想出一法，能打掉那座讨厌的大塔，请准我出战！"

"哦?"看着像模像样讨令的小姑娘，高踞马上的少帅自然心存疑虑，不过想起来历神秘的小妹妹以往征战的经历，再仔细看看她脸上的神色，不像在胡闹，小言便下了决心，准道："好，那就让你去！"

应允完毕，小言还是有些不放心，便策马向前，来到琼容旁边，从马上俯下身来在她耳边小声嘱咐："琼容，你要记住，哥哥还是那句话，我们打仗从来都是安全第一,过会儿如果你见势不妙,就赶紧往回跑,哥哥一定接应你!"

"是!记住了!"小姑娘清脆地大声应了一声,便一转身飞跃到半空,向着桑榆大洲猛行了一段距离,然后突然停住,朝对面遍地火海的洲岛仔细打量。

在她瞻望之时,身后自有许多双眼睛紧紧地盯着她看。所有人都想看看这个像邻家淘气娃娃的小妹妹,如何破得火箭如蝗、不得近身的巨塔。

就在众人屏气凝神的观望中,原本赤手空拳的小姑娘,忽从发髻边呼出两支火影流离的红焰小刃,然后口中一声清叱,刹那间其中一支火刃化作一只焰羽纷华的巨型火鸟,被她一脚踏在脚底,另一支火刃已被她执在手中,高举过顶,刀锋向前,神光烁烁,正对着前方的桑榆洲。

"这小姑娘葫芦里究竟卖的什么药?"

就在众人疑惑时,腾空而起、脚踩神鸟的小姑娘,已猛然滚滚向前。忽而脚下朱雀化刃在手,忽而掌中神刃化作火鸟垫在脚下,如此循环往复,带着琼容向前迅速飞扑。

在两支朱雀神刃眼花缭乱的交替变化中,渐渐地,琼容直立的身形横转飞旋起来,好似以她的身躯为轴、两支瞬化循环的朱雀神刃为轮,一人二刃化身成一只奇异的火轮,带着风雷之声,挟着神火光辉,越飞越快,越转越急,转眼就像一道流星火球划空而过,直奔高耸的桑榆洲巨塔。

这样奇特的风火转轮,就像是日神伏羲火龙车辇掉下的车轮,带着骄阳般灿烂的光辉,在阴暗的夜空中破空飞去,轰的一声撞在高塔上方,带着巨大的轰鸣从高塔上部穿行而过,转眼就已将带甲巨塔顶端摧毁!

"呀……"

在战场内外所有人目瞪口呆的注视中,箭塔巨大的八角塔楼从顶部分离,从云端高处落下,滚落在洲中地面,砸死了许多来不及躲开的海猿武士。同塔楼一道崩落四处的其他残余部分,早没了原先的坚固模样,就像是着了火的竹片,带着刚刚沾染的金色焰光飞散在洲内四处,一时不得熄灭!

琼容奇兵突出,此后战况逆转。刚刚化身神火日轮的聪慧女孩回来,想再来一遍时,却被灵漪儿一把拉住:"琼容稍住,妹妹已立此大功,姐姐也不该落后!"

说罢,四渎龙女灵漪儿便拖曳过苍云大戟,来到大军与海洲之间的夜空中踊步作法。

不久,桑榆洲上残存的叛军部卒便惊恐地看见,火光照到的海空云天之间,忽有一巨大身影从天而降,仔细看时,正是一位风华绝代的神女战士,身高数十丈,鬓接云天,足蹈巨海,一身霓裙丽甲正散发出夺目的瑞光,照得方圆数十里内如同光明之境!

"啊!"

龙女灵漪儿现出这样壮丽的法身,不仅敌军惊恐,便连熟识她的小言也忍不住大吃一惊。

不提众人惊诧,再看摩云蹈海的龙女,几步踏上洲岛,来到仍在负隅顽抗的火箭巨塔前面,低垂首,朝脚底残破箭塔傲然凝注片刻,便轻启朱唇,浩然长啸:"吒——"

在音节古怪的龙吟清啸中,巨灵一般的神女呼一声高举同样变得巨大的苍云大戟,在头顶夜云中停留片刻,然后便猛然朝脚底一挥。

霎时间,就好似一团巨大的乌云飞过,转眼间火光熊熊的洲岛便被一阵黑暗淹没……混沌之中,只听见一阵支离破碎的声响,顷刻之后,浓重黑暗的阴霾散尽,后方提心吊胆的小言再看时,发现那座原本巍然耸立的高塔,已颓然垮塌,轰轰然崩落到附近各处!

"嘻!"

高塔崩落,雄踞废墟之上的神女并没立即收起法身,而是在所有人目瞪口呆的注视中,风姿优雅地转过身来,朝怔忡发呆的小言莞尔一笑,旁若无人地扮了个鬼脸。

如此之后,灵漪儿才心满意足般地收起法术,还了原样,飘飘袅袅地返回小言面前交令。

"这……"

从不知龙族公主还有这般手段的小言,此时已和身边所有新来的道门弟子一样,变得有些呆呆傻傻,以至于灵漪儿来到自己面前邀功时,他还一脸怔忡,木木讷讷,不知该如何说话。

短暂的尴尬,还是由琼容打破的。

"灵、灵漪儿姐姐,你好、好厉害哦!"

"谢谢琼容夸赞!这样还好啦!"

"……嗯?"

在琼容和灵漪儿对答间,小言缓过神来,等灵漪儿谢完,他却忽然觉得有些不对劲,为什么刚才琼容说话变得有些结结巴巴?

"琼容!你没事吧?!"小言忽然变得十分焦急。

"没、没事!就、就是你们有、有事吗?"

"我们?我们没事啊!"

"那、那,既然没事,为、为什么你们都、都围着我转?"

"围着你……转?!"

话音未落,便见马前刚才还好好的小姑娘,忽然一跤跌倒,躺在海面烟波中再也站不起来!

"琼容?!"

眼见琼容出事,中军之处自然一番忙乱。

小言大惊失色地跳下马来,抱起跌倒爬不起来的小妹妹问清情况后,才放下心来:"哈……原来只是刚才旋转过头,有些头晕目眩!"

刚才琼容正是把自己当成了车轱辘的轴承,和朱雀神刃一起去切割碰撞那座高塔。那般高速旋转之后,体质神奇的小姑娘刚才回来时还不觉得,但等缓过一阵神后,便开始觉得四下里天旋地转,似乎包括哥哥在内的所有人都像走马灯一样,在自己身边飞转……

得知此情,小言稍一思忖,便叫过那辆紧随灵漪儿而来、公主专用的菱华之车,将琼容抱起,放在车内软垫锦褥间。

琼容头晕眼花之时,此次战役也已是大局已定。

奇异的火箭巨塔一经毁坏,四渎凶猛悍骑便如猛虎出柙,顷刻间便将残余的叛军剿灭了。

这其中,叛军的首领枭阳却没能活捉。因为到了最后关头,这个眼见大势已去的叛军首领,忽地砍翻身边那几个半为助力半为监视的孟章派来的龙麟卫,然后便带着几个心腹侍卫跳出堡垒壕沟,向着汹涌而来的妖骑大呼"愿降",谁知,还没等一骑当先的黑水狼王下令,枭阳这个意欲投降的叛军首领海猿族长,便已被身后残存的十几个愤怒族人乱箭射杀了!

谁也没想到,这个反复无常、呼风唤雨,也算是南海中一方霸主的枭雄,到最后竟会死在自己族人手上!

枭阳死后,洲中垓心战垒中怒杀族长的海猿族残存的几人更是难以抵挡飞奔而至的铁骑……

至此,神牧群岛辖下南灞三洲的叛乱,如一场烟云般消灭。

抛去这场局部战火,再说数千里外的南海龙族。

如果说,方圆数百里的神树群岛翠树云关拥有南海中最美的岛屿,雪浪烟涛的神怒群岛环绕下的南海龙域便有着南海中最美的海水。

南海龙域犹如从湛蓝天空中撷取下的一片最纯净的青蓝,融入水中,于是安详的海域便像一块巨大的蓝宝石,湛碧,澄澈,仿佛蕴含了普天下最美的蓝色,鲜艳得晃眼,却又透明得好似一眼就能看到雪玉堆叠的宫阙。

自然造化而成的海中神域,原本该静美祥和,只是此刻,整座伟丽斑斓的深海龙宫中,却弥漫着一股悲怆的气息⋯⋯

第十二章
佳思忽来,片言如能下酒

　　南海龙族的议事神殿镇海殿内,此刻气氛有些凝重。高大的宫阙壮丽无比,武将文臣少有地聚于一堂,也算是盛况空前了,可正是面对着这样的场面,高踞王座上的水侯孟章却觉得自己有些孤单,仿佛孤影对四壁,有些高处不胜寒。

　　"怪哉……"

　　召齐众臣议事的南海水侯觉出这点后,也不问话,自己先陷入了沉思。

　　是啊,本来襟带南海、威震八方的孟章,怎么会有现在这样孤单的感觉?原以为平定了海内的纷争,将那些凶猛勇悍的南海灵族纳入麾下,从此就能据作根本,进而觑窥内陆四渎。

　　谁知,自己刚刚展开宏图,便被那四渎老贼当头一棒,短短几个月间便丢掉了南海半壁江山,那些当年跟自己争斗得不亦乐乎、好不起劲的南海土著,现在个个如同换了个人,不堪一击,有如纸糊。

　　好不容易前几天出了个不屈不挠的南瀛枭阳,却在刚才接得传报,说是南瀛等三洲的忠勇义臣,已被逆贼张小言带人灭族! 这真让人悲愤莫名!

　　当然,现在对自己而言,最重要的并不是去悲悼枭阳,而是该想想如何才能挡住四渎玄灵一干贼孽长驱直入，从神树群岛、炎洲出发，经九井、乱流、惊澜三洲，穿过神怒群岛直捣自己的龙宫。

要是哪一天真被他们打到自己家门口，即使最后将他们打败驱逐出南海，也会落下笑柄，从此被四海六界笑掉大牙！

该怎么办？是继续收缩防线死守，还是召回镇守鬼灵渊的龙神八部将回防？相对那些靠不住的附庸外族，自己的龙神八部将才真正靠得住。

现在，孟章仍习惯性地将龙神部将称为八位。损伤的那位冰猿无支祁，他刚开始想起时，每回都有些心痛，现在部众损失多了，也就慢慢淡了。

"全部撤回……恐怕不行。"一想到要撤掉鬼灵渊的兵力，孟章开始患得患失，"全部撤回不妥。现在神主苏醒正到了关键时候，鬼灵渊不容有失。不过，只撤回几部倒是可以。虽然失忆的老鬼王竟记起当年是我让人暗地围追堵截，致他失忆，现在攻迫愈急，但鬼灵渊只要有吞鬼十二兽神坐镇，再加上焱霞关祸斗神从旁协助，就该万无一失。虽然，祸斗神将一贯志大才疏，攻取不足，但守成总还算有余。"

虽然吞鬼十二兽神也已被张小言杀掉一个，但孟章还是习惯熟悉了多年的叫法，暂时也不想改口。

这样精打细算之时，忽想到鬼灵渊，捉襟见肘的孟章便感到一丝暖意。

对孟章来说，无论战局如何崩坏，只要鬼灵渊还在他手中，旷古绝今的神主便能够苏醒恢复。到那时，无论眼前如何不得意，最后的胜利一定还是属于自己！

一想到鬼灵渊中的那位神主，喜怒不常形于色的水侯便手足微颤，激动不已："呵！说什么宇宙初生的至恶之物？说什么毁天灭地的大凶魔头？一群鼠目寸光的卑微生灵！你们怎么会有机会面聆伟大神主的教训！你们怎么会知道，当终极的神力被释放时，美妙的极道乐土便会到来！"

想过千百遍的美妙前景再次被记起："呵，谁能想象，沉重冰冷的钢铁铜锡能满天地飞跑，懵懂无知的草木沙砾能提炼出替人劳作的精灵，哪怕是最细小最微不足道的水滴微尘，也能释放出与日月争辉的热量光华。到那时，整个神界人间，都将变成永无暗夜的光明境界！"

神主描画的理想图案，不能说没有一丝遗憾。据神主说，到了那时，除了他孟章之外，恐怕还有其他人神能拥有这样毁天灭地于一瞬的强大力量。

不过，神主也保证，他孟章作为追从神主的最大功臣，自然会拥有最终极的力量，那些大大小小似乎也拥有毁天灭地力量的势力，无须他孟章出手，便会因相互忌惮而形成平衡之局，最终只听命于他孟章一人。

至于神主本身，协助孟章完成前无古人后无来者的伟业之后，便会功成身退，退居到宇宙星河中安享流年，不来搅扰孟章清净。到那时，原本蜗居南海一角的水侯孟章，便会成为这方世界的最强神灵！

"呵……"

正所谓福至心灵，正想得快活时脑筋也运转得格外灵通，孟章忽然想到，四渎老贼说什么神主大人是宇宙初分时的邪物，对于这样的谬论其实无须生气。正因云中君老儿这样言之凿凿地造谣，反而从侧面说明了滫紊大人所言不虚，他确是拥有宇宙初分时天地的本原之力！四渎老儿只不过是眼热自己，不愿让自己借神主大人之力统领天下而已。

想至此处，原本愁肠满肚的孟章水侯已如万缕春风拂面，整个人就似喝了陈年的仙酒，倚在王座上都快要醉了……

"咳咳！"

虽然心下快活，但事还是要议，毕竟神主的帮助还有些遥远，云中老贼的兵马却迫在眉睫。

连日郁积满怀的水侯已是心情大好，以至于当他终于开口向殿下臣子询问眼前的对战策略，名为焕智的老臣说出要"以道德为城，以仁义为郭；以人心为胄，以公理为矛"这句话时，他也没有怪罪。水侯只是微微一笑遣他出门，嘱他待在自家巢穴中好生安度晚年，在他扫灭北虏之前都不必再来了。

与孟章的一心乐观相比，殿下众臣想到眼前战局，依旧是满腹愁肠。

面对这样四面楚歌的溃败战况，也只有胸有成竹的水侯才乐得起来。因此，在焕智老臣当了出头鸟而被请出门去之后，孟章连问几遍，阶下众臣一片缄默，无人再答。

见这样，一向都是水侯心腹重臣的龙灵子知道再也不能沉默，便缓步出列，拱手将自己心中所想向孟章一一条陈："主公请听微臣一言。据微臣浅见，当务之急乃是挡住四渎大军锋芒，因此臣请水侯调集龙神部将，布于九井、惊澜、乱流三洲一线羁縻妖逆军锋。南海龙域的门户神怒群岛，则应由神力无边的汐影公主镇守。神怒诸岛乃龙宫门户，托于外姓旁人恐怕不妥。"

龙灵子毕竟跟随孟章多年，不似别人那般战战兢兢，这番献策之时言语从容，措辞直截了当，并无太多修饰之语。

不过，越是这样，急于求计的水侯听得越是痛快，遂在龙灵子献计时不住点头。

只听智计过人的谋臣继续侃侃而谈："除此之外，臣以为主公还须广开言路，尽力延揽人才，充实久战空虚的海防。具体而言，便是将往日涉罪流放散落各地的本族大将，一律赦免罪行，召回南海听用，望他们能将功补过、立功赎罪！"

"好，如此甚好！就如龙灵大人所言！"

龙灵子这番对策条理分明，引得孟章大加赞同。当即，他便按龙灵子的建议发号施令，安排下去，并且不忘对龙灵子大加褒奖，称他为南海众臣的

典范楷模！

除去龙灵子的建议之外，孟章心中也给自己添了两项任务：一是调兵遣将、整备防务之时，他应去鬼灵渊中勤加觐见，以助神主早日恢复。这一条也是提纲挈领之举，因为只要神主恢复，那些僭越愚昧之人的死期便算到了。另一项，便是要给那位失败过一回的冥雨乡主打气鼓劲，防止他经历一次失败后便一蹶不振，意志消沉，再也不去努力劝说琼容。

着重想到这一点，正是因为经历最近一系列战事后，孟章心中愈加相信张琼容是大战的关键，在冥冥中影响着整个四渎盟军的生死气运，若是能将这名福星策反，不说给自己带来多少运气，至少能让四渎晦气！

这般损人不利己地筹划一回，似已是万无一失，于是喜气洋洋的水侯孟章便准备挥退群臣，回到后宫略作休息。谁知就在这时，冷不丁出了件晦气事！

原来，玉阶殿前众臣虽然刚才没什么人献计，但此刻见龙灵子受了嘉奖，还得了赏赐，便个个心痒。

于是，便有位水神站出来跟水侯建议，说不如就依四渎那份遍传四海的檄文所言，主公暂将南海的大权假作传给长兄，这样天下人便再也没闲话可说了。

这个馊主意一经说出，还没等孟章怒目相向，龙灵子便已大声呼喝，直叱那人迂腐，看龙灵子气急败坏的模样，似乎若不是水侯在场，当即就要着人将胡言乱语的同僚叉出门去！到最后，反倒是水侯孟章压着火气，假意劝解了龙灵子几句，平息了这场风波。

经过这场不起眼的纷乱，孟章也就挥退众臣，径自返回寝宫临漪宫去了。

刚刚在殿上被提及的孟章的长兄伯玉，却丝毫不知外面的诸多风波。

南海老龙神的大公子，正在他的宫苑后花园内悠然地自斟自饮。他这个水侯的长兄,一向门庭冷清,后花园更是清幽寂静,除了这片海域中处处可见的珊瑚花树点缀其间,身边最多只是偶尔游过几条斑斓的小鱼,其他见不到一个人影。

少了三弟水侯那里的许多喧嚣,自甘淡泊的伯玉只觉得十分惬意。

珊瑚花间一壶酒,醉眼惺忪看鱼游。自斟自饮的温雅公子自得其乐,抿一口酒,读一句诗,过了没多久便已渐觉醺醺。醇厚火辣的美酒入肚,胸中不免平添了几分难得的豪气。

"咿呀——"

酒至半醺的龙神大公子心气上扬,便高叫一声,提高声音大声吟哦道:"魂在在兮!"

抑扬顿挫地念完第一句,还没等第二句出口,却忽听有一人接道:"客来来兮。"

"呃?!"

伯玉闻声一惊,猛然回头,却见花苑短垣外正站着一人。

"龙灵?!"

第十三章
文质彬彬，君子以恬养智

"咦？原是龙灵公！"

原来，隔着荡漾的清蓝水光，伯玉看清那个突然造访之人，正是他三弟孟章身边的第一谋臣龙灵子。

"龙灵公，今日怎有雅兴前来？"

虽然伯玉和龙灵子身份悬殊，名义上是一主一臣，但伯玉一直悠闲度日，对突然造访的臣子十分客气。

见他相问，短垣外的老臣拱手回道："殿下，老臣只是被酒香引来，偶尔路过，又听得殿下吟句清绝，便一时技痒，接了一句！"

"哈……"

听得龙灵子之言，温文尔雅的龙神公子伯玉不由盯着他又看一眼，然后便隔着海底的光影毫不犹豫地说道："不意龙灵公也是诗酒雅人。既如此，岂有过门不入之理？龙灵公快快请进，陪我好好痛饮几杯！"

"好，好！那老臣就僭越了。"

听得伯玉相邀，位高权重的水侯心腹顿时乐得眉开眼笑，整一整衣襟，振一振袍袖，迈着小步绕过一脚便能跨过的白玉矮墙，从花苑南边的海竹篱门迈入，飘飘然来到伯玉的白玉桌前。

若让别的臣子看见，怕是很难想象现在这个和颜悦色、毕恭毕敬的老头儿，竟是刚才在大殿上那样激烈反驳让伯玉主持南海的水侯心腹！

见到他这副模样，正在白玉桌旁笑颜相待的温文公子伯玉，一时也觉得有些费解，不知三弟的死忠之臣葫芦里到底卖的什么药。

片刻后，龙灵子来到了白玉桌近前，拱手问道："殿下，不知老臣能否用此玉杯？"

此时面前白玉桌上，正散乱摆放着几只青玉酒杯，形式各异，龙灵子趋步走近，秉礼问了一声，待伯玉首肯后，便笑吟吟地伸出手，准备选取一只酒杯拿来斟酒。

谁知就在这时，龙灵子却忽然听到不远处有人娇声说道："龙灵大人且慢！请让婢子斟酒。"

这突如其来的声音，让龙灵子、伯玉二人同是一惊。

循声望去，才见玉树丛里乱花之中，忽然冉冉升起一位绿衣女子，看样貌大概也就是人间女子十六七岁光景，生得纤腰细颈，姿容清丽，上身穿着一领翠绡响佩的罗衫，下边曳着一袭水纹轻縠的裙裾，足下步履轻盈，只飘飘几步便已来到二人面前。

"龙灵大人，请稍稍让些。"

突然现身的婢女毫不犹豫地挡在二人之间，一边探手取盅，一边跟龙灵子清脆说道："龙灵大人，这等小事何须亲为？请让婢子给您斟酒！"

"呃……"

龙灵子眼光何等老辣，从这婢女寥寥几句话语中，便已觉出她与伯玉关系绝不寻常，应算是贴身近侍一类。

看这姑娘举手投足虽然神韵娉婷，容貌亦娇婉可人，脸上神色却傲睨自若,一派警惕模样。

见这样,龙灵子一笑,丝毫没有不悦之情。不仅如此,见到机警非常的侍婢,他反而还有些高兴。

对着姑娘端看一回,龙灵子便问伯玉:"不知这位仙姬是……"

"她呀?"伯玉答道,"她是我贴身的侍女,你唤她冰娥便可。龙灵公,冰娥这婢子久居深宫,素来不谙礼法,有甚失礼之处还望海涵。"

"不妨不妨,殿下言重了!"

二人一番对答间,名叫冰娥的婢女已将酒杯斟满,用袖子微微掩着,合掌递给龙灵子。

龙灵子谢过,从她手中接过酒杯,略停了停便举杯跟伯玉说道:"告罪,老臣口馋,便先尽饮此杯了!"

说罢龙灵子一仰脖,一满杯琥珀色的美酒便已尽数入口。

"好!"见他一饮而尽,伯玉拊掌大笑,"龙灵公老当益壮,果然豪气!"

一言赞罢,他将自己的酒杯斟满,也是将杯中之物一饮而尽。

一杯饮完,伯玉便示意冰娥侍立一旁,请龙灵子坐下。接下来这一主一臣二人,便你一杯我一杯,你来我往地敬酒,不知不觉便喝了有半晌。

酒过三巡,脸色微酡的老臣子忽然按下酒杯,口吐着酒气没头没脑地说了一句:"殿下,且慢饮酒。臣想请教一事。"

"何事?"

"臣想问,何为王道?"

"呃……"

忽被这样一问,伯玉微微一惊,看着眼前醉眼蒙眬之人微一沉吟,才接口从容说道:"王道……伯玉也不甚解。不过常观经书,书中倒写道:'上不绝三光之明,下不伤万族之心。'伯玉以为,恐这便是王道。"

"哦……"龙灵子听了，一反常态地不置可否，一时只是饮酒，并不再言。

虽然对答之人神情都比较坦然，但一边旁观的冰娥仙子，听了他俩这一番对答，不知为何却有些心神不宁，一对明眸中眼波闪烁，有些坐立不安。

耐得性子等了一阵，再注目看了主人身边那位不速之客几眼，灵俏的仙婢蓦然走上前几步，侧身微微一福，启唇说道："两位大人在上，婢子觉得，这样宴饮甚是清淡，不如让婢子舞剑助兴。"

"舞剑？好。"听得冰娥说话，伯玉当即慨然应允。

伯玉一答应，翠衫水裙的海底仙娥口中霎时一声清吟，玉臂望空一扬，瞬间便有一把寒光闪闪的利剑凭空出现，被其握在手间，还没等龙灵子、伯玉二人反应，便已人剑合一，如一道光轮般回翔于半空！

"好剑法！好身姿！"

目睹眼前蔚蓝水汽中的剑舞，只觉得刚烈不失窈窕、迅疾不失妩媚，便连见多识广的龙灵子也忍不住脱口称赞！

龙灵子赞声出口时，眼花缭乱的剑舞中又传出一缕歌声，有如银瓶乍破，在海神花园中回荡缭绕。

只听冰娥反复唱的是："岁将暮兮时已寒，中心乱兮勿多言！"

"哈……"

听清剑舞中的歌声，旁观二人各自会意，身为主人的伯玉殿下不由一笑，有些歉然地跟身旁水臣说道："龙灵公啊，果如前言，我这婢子不通礼法，连唱曲也胡乱为言，实在没什么趣味。"

"呵呵！"听得伯玉缓颊之辞，龙灵子却是一笑，说道，"殿下言重了。臣闻微词可以达意，歌调可以讽俗，冰娥仙子这唱句并无不妥。倒是老臣闻歌，又是技痒，想将这词曲唱全。"

"哦？那快请，本殿愿闻其详。"

"呵,那老夫便要献丑了。"

此时冰娥已住了歌舞,和伯玉一起看须髯苍苍的龙灵公吟唱。

只见南海的名臣,伸手执起一支玉箸,击打着杯盏怆然唱起:

> 怵惕心兮徂玉床,
>
> 横自陈兮君之傍。
>
> 君不怜兮妾谁怨,
>
> 日将至兮下黄泉……

"呃……"

乍听老迈却中气十足的清唱,伯玉和冰娥不由大为惊讶。

数百年来呼风唤雨的水侯重臣,因何唱出这样哀怨十足的曲调?听那唱词,分明就是深闺中郁郁不得欢的怨妇之言,却如何会从堂堂的水侯军师口中唱出来?!

只是,虽然初听此曲时有些惊讶,但顷刻一想,伯玉似有所悟,便有一缕不易察觉的笑意爬上眉头。

于是等龙灵子曲折哀怨的歌调唱完,伯玉便鼓掌大赞:"唱得好!唱得好!"

听得伯玉赞叹,站在一旁的冰娥虽然不明其意,也只得跟着稍稍赞扬:"唱得挺好。"

听他二人赞叹,龙灵子微微定了定神,便连连摆手谦逊:"唱得不好,唱得不好!唉,老声苍迈,实作不得清媚之音。只不过老臣闻说,人间高士常以美人香草自喻,便也效颦聊为殿下一乐!"

说到此处,略停了停,龙灵子颇为郑重地问道:"老臣唱完,不知殿下有何点评?"

"这个,倒也无甚点评。"伯玉微微一笑道,"不过,龙灵公此歌唱得上佳,我便也让冰娥代我回赠一曲。"

"哦?"龙灵子此时不知素来淡泊的龙神长子是何用意,只是顺着话茬往下接道,"那老臣便多谢殿下,这便翘首以待。"

"好。冰娥——"白衣素服的公子转脸看向侍婢,蔼然说道,"冰娥,那便请你把前日我教的那首诗歌唱来,便是《弯我繁弱弓》那首——你用小石调唱来吧。"

"小石调?"闻得伯玉之言,谙熟音律的仙婢却有些诧异。

因为冰娥知道,几天前主人教给她的这首歌曲,辞意悲烈,若按着唱句内容,该用激烈健捷的双调宫唱出才对,怎么这会儿会嘱她用小石调唱来?那小石调婉转内蕴,缠绵绮丽,实不合这样铿锵之句。

不过虽然疑惑,主人有言,她自当领命,当即便柔媚了嗓音,如细竹流水般袅袅唱了起来。听那唱词分明是:

弯我繁弱弓,

弄我丈八槊。

一举覆三军,

再举灭戎貊!

冰娥一曲唱完,听曲的老者只是一片静默,脸上不动声色,只有目光微微闪烁,似是在想着什么心事。

这样又沉默片刻,龙灵子便站起身来,朝眼前这位自己以前从来没有怎么关注过的儒雅公子一揖到地,恭恭敬敬地深施一礼,然后转身飘然而去。

"这……"见这样,原本最先以曲讽喻的俏丽仙侍丝毫不解其意。

"他们打什么哑谜?"

心中疑惑,看看主人,却见伯玉只是一脸熟悉的微笑;回首再看看远去的老人,怆然而行的背影已渐渐在交错的珊瑚玉树间隐没。

"算了,不多想了。"冰娥微微摇了摇头,在心中说了一句,"不管怎样,现在这多事之秋,只要那老龙灵不来为难公子便好!"

想到此处,娇俏的仙鬟婢子不再多虑,跟重又举杯的主人道了一声,便跃起身形,重新没入斑斓缭乱的花丛中去了。

于是清幽的海神花园,便重又恢复了宁静。偶尔,光怪陆离的水色波影中,响起一声声醉醺醺的吟诵,声响越吟越低,到最后伯玉伏到白玉桌上,一睡不起。

说过暗流涌动的龙域水底这些偶尔发生的琐事,再说远来此间的道门少年。

和伯玉这般清闲不同,打下南瀛等三洲,就地驻扎在桑榆洲,一身征尘还未洗净,小言便接到一件重要的任务。

"唉,这画像何时才能完成?"

已在大帐中一本正经地端坐了一个下午的四海堂堂主,只觉得浑身渐渐似有蚂蚁爬过,让他恨不得马上起身掸掉才好!

在这样百无聊赖的"重要时刻",琼容却偏偏不在身边,只在中午时扔下一句"不打扰哥哥大事",便不知跑去何处玩耍了。要是这时有她在身边,扯扯闲篇,说说笑话,那该有多好啊!

第十四章
画影描形,传清名于四海

决战总攻在即,小言也没想到自己会整整一个下午都乖乖待在营帐中,让那几位红袍画师给自己画像。

这画像缘由,还得从头说起。这三四个月来,因为四渎龙君兴师远征,玄灵妖族和上清宫道徒为了报仇在后紧紧随从,南海大洋中风起云涌,战事如火如荼,不必细说。与此同时,远在北方的大陆中原也并不平静。几月里,发生了许多与南海战争直接或间接相关的事件。

直接相关的,便是远在大海之南的南海龙宫布置多年潜伏在中原大陆的势力,向四渎龙族多处水系领地发起进攻,希图以此拖住四渎,延缓他们在南海的攻击进程。当然,这期间南海暗藏势力攻击的对象,也包括坐落在罗浮山、马蹄山的上清宫。

不过,对于这样的骚扰攻击,四渎和上清宫早有准备。两方力量在洞庭君和清河真人的带领下,互相呼应,互相驰援,最终那些被南海寄予了厚望的偷袭并没起到什么作用,反倒是多年的隐藏势力被一举消灭。

更让南海龙宫想不到的是,正是这些失败的袭扰,反倒让原先差不多声名扫地的上清宫东山再起,再次成为天下道门的领袖。凭借着几次不寻常的胜利,决明子、幽云子、劲灵公,这些重新出山的上清宫祖辈高士,还有突然接任掌门的清河,这些人的名字同"上清"二字一起,再次在天下修道人眼里变得如同天上的群星般熠熠闪耀。

原本怀疑上清宫造下恶行才遭神罚的天下修行之人,读过四渎神灵和上清宫掌门联合发布的几次捷报之后,才恍然大悟:哦,原来上回冰冻罗浮山,飞云顶上清宫才是苦主,罪魁祸首原是南海那条名叫孟章的恶龙!

于是,种种神话般的传说如同长了翅膀一样迅速传遍天下,让人间的道人们奔走相告,仿佛那些在雪浪碧涛中御剑屠龙的上清宫高人就是自己一样!

现在那些道人口中,常会说到这样的话:

"听说没有,咱上清宫正和四渎龙宫的神仙们一起征讨南海恶龙!"

"是啊,听说上清宫一个深藏不露的堂主,还当了四渎龙宫的仙官!"

正是在这样的气氛下,原本就和上清宫同气连枝的天师宗、妙华宫,终于消去了疑虑,不仅派出门中精英赶去支援那两座上清宫名山,还精心挑选了各自门派中最杰出的子弟,前往南海汪洋中去和恶龙作战。

这些便算是人间教门和那场南海大战直接或间接的关系。除此之外,在荒郊野岭、险山恶水中发生着更大的变化,可谓翻天覆地。这样巨大的变化,正是发生在那些山川野岭中形形色色的修行妖灵身上。

说起来,这时候天下的人类,只占据着最繁荣的城市和村庄,稍微偏离百姓村民生活的地方到处都是深草密林覆盖的荒野和山场。

只是,即使这样,天之下、海之内广袤的土地,还是属于知书达礼、衣冠传世的万灵之长。那些于荒山野草中修成人形,一直努力向仙路道途修行的禽兽草木精灵,只不过是人言中被蔑称的"妖怪""妖异"。

虽然,有少数地方的人民村众也会拜什么"狐仙""黄大仙",但心底对他们仍是十分蔑视憎恨,所有表面的恭敬只不过是因为内心的恐惧或是实际有所图,这样尊崇的仪式,一般也只会持续到那些专门降妖捉怪的道士到来之前。

这种情形下,那些已经努力修成"神鬼之会""仙畜之间"的人身妖类,也渐渐迷失了方向,和天下众人一样,觉得自己这妖类身份十分可恶,因此要么自暴自弃,遁到偏远荒地拉帮结派,在自己妖族之间互相倾轧,争夺地盘,却不敢去人气旺盛的诗礼之邦继续求仙问道;要么改头换面,学尘世中的歹人落草为寇,占几座山场,干杀人越货的勾当。除此之外,也只是妩媚了妖颜,妖娆了身段,跑去红尘市井间找一个落魄的书生,结一段露水姻缘。形形色色,总之一句话,便是"不务正业",失了自己的本原!

不过,现在不同了。远在岭南的玄灵妖族,不知得了什么机缘,悟通了至道,打破了玄关,无论妖法还是仙术都突飞猛进,势力也渐渐扩大。

尤其是最近几个月,听那些来自己地盘鼓吹"妖族再兴"的玄灵使者说,他们玄灵妖族几个月前被南海的神灵杀上门来,为了报仇,现在正在教主的带领下兴兵远征天之东南,和四渎水神一起并肩作战,打得南海的水仙龙神们屁滚尿流。

"和神人们开战?!还打赢了?!"

第一次听说这样的话,几乎所有的妖族首领第一个反应便是:真不幸,这几位风尘仆仆的玄灵弟兄,路上不知遭了什么人的毒手,疯了。

就在所有首领喊人帮他们治疗或是干脆叫人乱棍打出之前,显见经验已是十分丰富的玄灵使者,个个都以最快的速度拿出种种光华四射的贺礼,信誓旦旦地说,这些海洋珍物都是他们玄灵教的妖军打败南海神族得来的战利品,教主他老人家亲自叫他们带来,作为给蛮荒妖族的见面礼。

说来也惭愧,这些蛮荒的妖族首领确有些孤陋寡闻,因此在这些使者奉上厚礼之后，一看礼物如此神幻夺目，也不细细查究是否货真价实，心下便已经信了十分。这些使者往往还带来一两把花纹奇异、锋芒耀目的奇形兵器，说这些也是从南海得来的战利品。这样一来，所有好勇善斗的妖族首领，对他们的话便立即相信了十二分。

毕竟珍宝可以造假，但锋芒毕露、神气耀人的神兵利器，在他们这些行家里手面前却丝毫假冒不得！

因此，在这些使者动之以情晓之以理，特别是赠之以神物的鼓动下，那些妖族长老遗忘已久的光荣和骄傲便渐渐重新被唤起：

"对！您说得对！天下万物平等，我们妖灵本就是除人以外自然中最杰出的精灵！"

"是是，听你讲这些胜仗真过瘾！哈！以后谁还敢小瞧我妖灵？要知道我们教主张……张那个什么来着，正率领千军万马和神仙们拼命！"

"我们……南海！南海！！"

于是，在这样振奋人心的号召下，一队队妖族异类的精锐战士从各处荒野山川中出发，在玄灵使者的带领下奔赴遥远的天南，不断充实教主手下的兵源。

这样一来，正在南海中攻伐、其实并不十分知情的小言，只觉得自己手底下那些玄灵教的妖族战士虽屡有损伤，但总不见稀少，每次自己领兵出战，身后都是千军万马，头顶铺腾如云，军势十分浩大壮观。

还不止如此。那些在南海中随小言打了胜仗的妖族新战士，又会被教中专门负责宣传的长老重新派回后方的莽野荒原中，带着更多的奇珍异刃现身说法，鼓舞更多的妖族勇士奔赴战场！

于是，通过一个缥缈虚幻的"玄灵教主"，再加上一场捷报频传的妖神大战，几千年来如同一盘散沙、一直被三界四海视为"贱类"的妖族，竟第一次奇迹般地凝聚起来，扬眉吐气，屹立一方！

他们重新崛起的一个明证，便是常年视他们为仇敌、随便进行剿杀的人间道门，现在也在他们当前的领袖上清宫掌门清河真人的饬令下，不再将他们作为降灭捉伏、增进修行的对象。

也许，在所有如同走马灯一样的变革中，只有身在其中，历经千百年一直被蔑视的妖族自己，才能真正感受到这样的转变，有着何等重要的意义！

因此，在这样亘古未见的鼎新变革中，妖界各族都对那位让他们扬眉吐气的"玄灵教主"感恩不尽，各族各户都悬挂起教主的画像，顶礼膜拜，一日二香，以示崇敬。

只是，正是这个看似无关大局的举动，却带来一场说大不大、说小不小的风波。

风波的起源便是，现在整个妖族都面临着一场重大的战事，而无论是岭南来的使者，还是前线归来的战士，都没人带来一张能真实反映他们教主尊容的画像。

崇拜之心甚急，肖像又确实缺货，便不免出了许多仓促之作。各族各类都按着自己族中归来的战士竭力描述的只言片语，请人画出自以为真实的教主的画像，挂在各寨各洞特制的神龛中，舞蹈膜拜。

可以想见，这样一来，"玄灵教主"的肖像便五花八门，最大的一个特点就是，各族都按自己族众的特征绘画教主的肖像。

比如狐族的张教主身后便多了一条毛茸茸的华美尾巴，牛族的张教主头上就多了一对明晃晃的对弯犄角，甚至还有某族悟性十足的画师，只根据先前来访使者的一句"教主他老人家"，便画出一位威风凛凛、长着两只鹰翅正盘桓云间的白胡子老汉！

总之，那位正在前线浴血奋战的张教主的画像，真个是千奇百怪，一言难尽。如有谁有心搜集,放到一起只会觉得是妖魔大全,任谁都猜不出它们画的竟都是同一个人!

因此,当诸位首领聚集到一起交流教主画像时,虎族长老看到狐族出品的教主画像缺少几道威风凛凛的吊睛横眉,竟也敢称教主像,便对那几个狐精大打出手……出了这样的流血事件后,这些妖族首领便迎来了统一后第一个重大的议题:他们尊贵的教主,实在需要有一张标准的画像!

正因为这样,这天下午,在南洋洲岛上的小言才被坤象、殷铁崖两位妖族长老请到一顶光线明亮的白罗帐篷中,让几位从陆地风尘仆仆而来的妖族画师对影画像。

再说小言,虽然已被憋在帐中两个时辰,觉得有些气闷,不过看画像的过程倒还颇为新鲜。每过不到半晌工夫,那几位画师便会恭恭敬敬齐声请道:"请教主稍抬尊足……请教主稍偏贵首……"

然后几人便一齐端详,再一起埋头凑到一块儿絮絮私语商量半天,之后才由其中一人动手,提起紫毫之笔描描画画。

对他们这样颇为新奇的画法,小言倒是闻所未闻。对他来说,这样正好,自己可以经常活动活动筋骨,也省得打瞌睡睡着。

到最后,见日影渐渐西斜,画像渐近尾声,小言心中也十分期待,想知道对面那画稿上自己到底被画成什么样,精不精神。

"应该不差吧?"小言一边看着那些画师忙碌地上彩,一边乐呵呵地想道,"呵!听坤象前辈说,这几位画师都是他们族中最厉害的画家,个个都曾拿着山珍异宝到京师拜在名家门下学画,那手艺……应该不差。"

正这么想着的工夫,那边的画师已忙碌完,齐刷刷向他躬身行礼,禀道:"禀教主,小的们已经把您老的画像画好,请教主观看!"

说话间,他们中间两位身量高大的人便各自伸手,将画像上端捏住,小心翼翼地提起,边提边转,等面朝自己的画像完全翻转对着小言之后,又一起朝一边走了几步,才将这幅巨大的画幅一览无余地展示在小言面前。

"好!谢谢各位,我看看啥样——"

在他们翻提画像之时,小言也是满心好奇,抻长了脖子兴致勃勃地只等观看,只是等那高约二丈的巨幅画像被完全撑起,展现在自己面前时,小言展眼一瞧,却大吃一惊,口中说道:"请问这是哪位?!"

只见画像之中正立着一位顶天立地的大汉,环眼怒睛,状极威猛,壮硕的身形上披挂着神袍金甲,身后则缭绕着一袭乌黑的披风。

"这、这……"

这般形象,恐怕除了那披风战甲,其他什么都不像。

除了牛头不对马嘴的相貌身形之外,尤其出格的是,怒目前视如欲从画中奔出揍人的威猛巨汉,左手中还捧着一摊蓝汪汪的海水,右手中托着一座雄壮巍峨的高山,头上顶日月星三光,耳边祥云缭绕,腰间白鹤翩翔,脚底更踩着河流山川!

"这这!"

"教主——"正当小言观画愣怔,哑口无言时,却听得画师中最年长者还在跟他解释,"禀教主,您两手中捧的是泰山北海,正是取教主神通广大、随手便能'挟泰山以操北海'之意。您看,您一手挟泰山,一手操控北海,多威风!"

"这……"听得这个解释,哭笑不得的少年教主,又仔细看看画像中他右手中的高山和左手中的大海。这一细看,还真让他在那座山中翠林间发现一片留白的山崖,上面写着"泰山"二字;而那蓝汪汪的海水中确实隐约漂着几块雪白的浮冰,看来确是北海。

仔细看一看,那山中"泰山"二字苍健古朴,海面几块流冰上还有雪花飞舞,倒也十分生动,确是细致入微的大师精心之作。

只是……看了一阵子小言却有些疑惑，便问道："这个……请教几位大师，我以为'挟泰山以超北海'的'超'字，恐怕是'超越'的'超'，好像并不是'拿手操控'的'操'……"

"是吗?！哎呀！好像是啊！这这……"

听得小言之言，几位学识稍欠的妖族画家摸头一想，顿时大窘，满脑袋大汗淋漓，十分狼狈！

他们正待跟教主请罪重画，一直消失无踪的琼容，却十分准时地奔入帐中，蹦蹦跳跳地来到他们刚画好的肖像前。

"嘻嘻！画好了啊，我看看——好看，好看！"

到得画前，琼容看见画幅上面斑斓明丽的色彩，还有整幅画图雄浑伟丽的气魄，顿时被吸引，只顾睁大双眼，目不转睛地猛看起来。许是沉迷鉴赏，不小心走得近了些，她鼻子上便沾了点还没完全干透的油彩。

正当琼容悉心欣赏之时，忽听自己哥哥问道："琼容，你帮哥哥看看，这画儿，画的是我吗?"

"好啊！琼容好好看看！"

听小言请她帮忙，琼容一口答应，赶紧退后两步，仰着脖子将这幅巨画上上下下地仔细打量了好几遍，这才转过脸来，跟哥哥郑重说道："小言哥哥，这就是你啊！太像啦！"

"……"

小言闻言，哑口无言。这时，一直候在门外的坤象、殷铁崖等几位长老，还有闻讯赶来的四渎公主，也全都拥进帐来。

"啊！画好了啊。"

看到画像，众人议论纷纷：

"不错不错，真像啊！不愧是我族不世出的画家高手！瞧瞧这气魄！"

"是啊,对极对极,正是宗师手笔!"

"嗯! 惟妙惟肖,惟妙惟肖啊!"

就在众人七嘴八舌摇头赞叹时,灵漪儿也跟着众人一起附和:"是啊是啊,真的很像! 不信,琼容你来看,你哥哥这样子,真是呼之欲出啊!"

"是呀! 灵漪儿姐姐,什么叫'呼之欲出'呀?"

"嘻! 就是好像你喊一声,你画像里的哥哥就会答应一声,然后自己跑出来!"

"是吗? 小言哥哥!"

"哎! 在这儿呢。"

在小姑娘的大声呼喊中,人群中郁闷的小言无精打采地应了一声,然后跑过去伸手把她鼻尖那块可笑的油彩抹掉,一边抹,一边在心中安慰自己道:"唉,还好,好歹这回这肖像没多出什么尾巴犄角……"

至此,外面夕阳西下,晚鸟归巢,洲岛上结束了一天的喧闹。

第十五章
繁华寂寞，烟火悲分生别

小言见进帐众人纷纷赞这张威猛画像形肖神似，倒把他这个画中人弄得迷迷糊糊。

"难道我本就是这样凶猛的气质？"

容貌朗洁清俊的小言心中犹疑，便偷偷去旁边取过一面铜镜狠瞅了两眼，等将镜子放归原处，在心中仔细比对一阵，却还是觉得自己这副尊容和那幅肖像磅礴的气象相差实在太远。

不过，他这个四海堂堂主一向随和，虽然心中存疑，但既然大家都说像，那就像吧，他本人倒没什么意见。现在他对自己成为玄灵教主、妖族之主的事已经想得十分清楚，在这件事当中，他觉得自己其实和一个局外人差不多。那些妖族生灵，一盘散沙了千百年，现在意图重整旗鼓，的确亟须立起一位共同的领袖。至于领袖本身是谁，又或是对他们的振兴大业有多少参与度，反倒不太重要。

从另外一点来看，选择自己这么一个人类来充当领袖，却无妖质疑，也无意中反映了他们族中长久以来潜意识中的一个观点：人，还是比妖要高贵的！

"哈……"

见着满营众妖都来向他道贺，赞他相貌英明神武，他这个当年的市井少年嘴上虽然道谢不迭，但心里却也忍不住胡乱想道："呀……这画像会依样画上千百份，散发到天下各妖族中供奉啊！既然这样，那如果在画像角落加个小小印记，比如写上'稻香楼恭祝教主身体安康'之类的，是不是就能让老东家那铺子转眼名震三界？哈哈……"

当然，这样匪夷所思的想法想想便罢，要是真说出来，恐怕眼前这些一脸兴奋激动如同过节的妖族长老大将，很可能立即就跟他翻脸拼命！

到得这时，自己这个妖族教主，已是不容任何人亵渎了。

况且……小言转眼又想到当年自己的老东家胖掌柜，一向十分吝啬，恐怕即使自己给他如此广而告之，他也给不了自己多少银钱。

想到这处，小言便有些落寞，无心再胡思乱想，转去专心听眼前长老画师们跟他商量如何确定朝拜自己肖像的仪式。

就这样纷纷闹闹，大约到了掌灯时候，替教主立像这件让玄灵妖族激动不已的大事终告结束。

此后，用过晚膳，小言随便在自己营帐中溜达了一阵，突然想跟琼容说说话，结果发现自己刚刚一转身的工夫，琼容已经不见了。

"这丫头，又去何处贪玩了？"

不见琼容，小言赶紧急行出帐去寻，才出帐门，抬头往东边海滩一看，便一眼看到琼容正在那里。

"她在做啥？"

望见琼容，小言便朝那边紧走了几步，靠近沙滩一看，只见小姑娘正小心翼翼地挪步踩上两只胖乎乎的怪鸟，看样子是想乘在它们背上。

小言看到时，琼容双脚已经稳稳踏在了烟波中那两只鸭子模样的水鸟背上，然后只听蛮蛮两声洪亮叫声，一人二鸟便忽地腾空而去，飞行到夜雾弥漫的海面夜空中。

就在她们腾空而起之时，刚才还平静如常的海波中忽又蹿出一只黑色云豹，毛色油光闪亮，四肢奔腾如飞，在浪波中如履平地，紧紧缀着空中驾驭蛮鸟的小姑娘，箭一般朝远方蹿去！

"呀！"小言见状一惊，想道，"莫不是琼容要躲避那凶恶黑豹的追咬？"

心中刚闪过这个念头，小言忽又觉得此事十分怪异。要说自己那小妹妹，虽然看起来娇憨不胜，但只这等寻常凶物，在她面前也只有拿来戏耍的份。

"琼容这是在干啥？莫不是在饭后消食？"

心中疑惑，小言便又走近了些，这时才发现刚才自己只顾着瞅琼容，却没察觉到夜晚海上迷蒙的烟波浪涛中还站着两位黑衣老者。

仔细一打量，却见这二人正抻长了脖子，朝着琼容飞逝的方向呆呆仰望。

"原来是赵真人、流步仙人！"

走得近些，小言一眼便认出二人是谁。

这下小言突然明白了，恐怕现在琼容脚踩的蛮蛮鸟还有后面那只紧随的黑豹，全是这二人之物，也不知怎的琼容就突然将它们拐跑了。心中疑惑，再走近些，却发现这两个前辈高人竟一脸失魂落魄的模样！

见这样，小言心中一紧，赶紧上前，拱手施礼说道："两位前辈在上，小言这厢有礼！我这小妹一向不懂事，只知随便混玩，这次拐跑前辈宠物，恐怕也是无心冒犯，你们大人有大量——"

说到此处，两位呆若木鸡的老仙长才终于反应过来。于是在小言惊异的目光中，这俩年高德劭的前辈高人出手如电，一起迅疾抓住眼前小言的衣襟，截住他的话头，异口同声地嚷道："那是你妹妹？！那你来得正好，我正要问你，她那神法是何人传授？是不是你？！"

"哈?!"

直到这时,听了两位老前辈七嘴八舌的解释,小言才知道,原来现在并不是琼容闯祸把人家的宠物拐跑,而是驯兽成痴的老前辈,饭后在海滩上聚到一块儿,交流驯兽驯鸟的经验,正吹嘘间,却被倚在哥哥帐门边的小姑娘远远望见了他俩身边的大黑豹和蛮蛮鸟,十分欣喜,便跑过来请求能不能也给她玩玩。

当时见小丫头一副乳臭未干的模样,三景真人、流步仙人心中自然不屑,心道以自己这些月来的经历看,自己和老伙计的黑豹、蛮蛮鸟,乃是天下最难驯之物,就她这么个小小丫头,如何敢夸下海口要跟它们玩耍!

正待拒绝,转念一想,虽然这小姑娘看起来很小,但也是身怀绝技的,即使那只凶恶豹子正磨牙,却也伤不了她分毫,何况那两只各只有一翅一目的蛮蛮鸟……大不了,等不知天高地厚的小姑娘掉到水里他们去救罢了!

因此,虽然心下不屑,他们嘴里却是十分大方,全都同意将他们心爱的宠物借给琼容玩耍。与此同时,他们也做好了准备救援的所有心理准备。

谁知,自己才一露口风,雪粉腻玉般的小姑娘已欢呼一声,冲向那两只一贯别别扭扭的蛮蛮鸟,稍一踩踏,竟不磕不跌,就此离地而起飘然而去,看那悠然情状,就如同夜鸟轻云般在夜空中自由飞舞!不仅如此,那只桀骜不驯的野豹,一贯喜欢和它主人怒目相向,这时却像一只撒欢的小狗,紧紧跟在小姑娘身后!

"怪哉! 怪哉!!"

正因如此,这两位驯物成癖的高人才有了刚才那般震惊的神色,后来还抓住小言,就如揪着根救命稻草,连声询问琼容的驯物神法究竟是否由他传授!

听到两位前辈仙长不顾仪容的追问,小言一时倒有些愣怔,也顾不上他们心急，自己突然呆呆地琢磨起来："是啊，自己这琼容小妹妹，好像真的不简单……"

以前还不太觉得，今天被人这样一顿夸张追问，小言便如同突然被人触动了心机，这时才猛然想起，自己这个随便在某处乡镇认来的小妹妹，恐怕真不是那么简单。

在火云山，在罗浮山，在翠黎村，更不用说在风波险恶的南海大洋，小姑娘多少次出生入死，出入于千军万马，却几乎每次都毫发无损！

比如这一回，她团身成火轮，划破长空，去撞碎巨大的海猿箭塔，最后归来时，竟只是觉得头转得有些晕眩，至多第二天，她起来时发觉自己额头小肿，跟她灵漪儿姐姐讨了帖膏药贴了半天便算完事。

"她……真的只是一只寻常的仙兽吗？"

回想这林林总总的事迹，小言忽然发觉，恐怕自己一直身在局中。只单纯觉得每次涉险都是琼容自己坚决要去，而她每次平安归来后，自己最多也只是庆幸欣喜，却从没静下心仔细想一想，琼容这等履杀场如平地的修为，真的只是一只奇异的灵兽所能作为的？

可笑的是，自己很清楚小姑娘因为多年根深蒂固的认知，到现在甚至还对自己不是只"小狐仙"有些口服心不服，她其实一直坚持认为自己是只小狐狸，嘴里不说出来，只不过是不想让自己敬爱信服的哥哥不高兴而已……

"哥哥！"正当浮想联翩时，却忽听有人欢快叫他。

小言转脸一望，见正是琼容。由于刚才去海天中飞奔了一回，小姑娘此刻脸蛋上红扑扑的，粉洁如玉的额头上还沁着几颗汗珠。

"呵……"

"哥哥，你是不是生气了？"

和笨鸭小豹戏耍归来，琼容忽见哥哥站在沙滩上一脸严肃地望着自己，便有些心慌,赶紧将豹儿鸭子撇在一边,跑到小言近前,手捻着衣角,低着头,红着脸,老老实实地认错道:"都是琼容不好,吃完饭不该乱跑!"

看着琼容这副小心翼翼、天真无邪的模样,小言心中忽又有些迷惑。

难道"琼容不比寻常",只不过是自己一个人的想法?就如刚才自己那张画像一样,大家都觉得像,自己却觉得不像。也许琼容这事也一样,自己想着离奇,但在大家眼里也挺寻常……

话说到了第二天中午,四渎、玄灵联合大军最后的攻势便告开始。

对于最后的总攻,以云中君为首的一干智谋之士确定的策略是,由四渎龙族、玄灵妖族、人间道门负责正面总攻,从南海龙域西北的伏波岛、神树群岛出发,掠过已经归顺的炎洲,对南海残余的据点九井洲、惊澜洲、乱流洲等洲岛一路攻拔,最后决战于三面包裹龙域的神怒群岛。

与此同时,为牵制孟章主力,他们修书一封,以云中君、张小言共同的名义,请烛幽鬼方的鬼王鬼母勠力攻打鬼灵渊,尽力将南海最主要的战力牵制在孟章必救之处。只有这样,才能分散南海之军,各个击破,让孟章首尾不能兼顾!

对于这个策略,商议时有人颇有疑虑,觉得以南海之智,未必会上这个当。

对于这些疑议,最后决策的四渎龙君跟众人解释道:"吾不知竖子之谋,但只取最智之策!"

此言一出,大家觉得有理,也不复他议。

于是,就在十二月下旬的这天中午,受龙君重托,小言所率之部充当先锋,妖神人三众联合的部伍约有万人之数,由神甲鲜明的小言统领,行进在大军最前面。

在海涛巨浪中奋力前行,越过风光优美的神树群岛翠树云关,再过了火光兽生息的赤木炎洲,稍一行军,便已来到离前面第一个攻打目标九井洲还有二百多里处。

这时候,夕阳西坠,满天棉絮一样的流云正渐渐涂上嫣红的颜色。

四下望望,苍茫的大海上风波如怒,除了他们这队盛势前行的军伍,别无一物。直到这时,还没人能想到声势煊赫的最后总攻,第一场战斗会发生在两位秀丽的女子之间。

大约就在申时之中,正在屏息疾进的妖神军卒,忽然只觉得口鼻边充满咸腥涩味的凉润海风中夹杂着一丝炎炽的火气。这些得道的妖神,个个都十分敏锐,空气中刚有些异样,他们便立即觉察出来。

他们见机已十分迅速,但那一场从天南烧来的大火却是眨眼即至。原本渐渐暗淡的海空中转眼间已充满一片明亮的火光,铺卷沧海、烧燎云天的火焰熊熊而来,眼前转瞬就只剩下一片火焰光气,崩腾吞吐,无所不在!

火潮忽来,犹以那些初来的人间道子最为惊异,天空已经不见,火焰烧到眼前,铺天盖地而来的炽热火焰似乎转眼就能将人烧得灰飞烟灭,林旭、华飘尘等人尽皆失色,心旌摇动之时,竟全都忘了施展守护法术!

此时此刻,他们早已无暇去细细辨别火潮之中还有何物,充斥在他们眼界视野中的,只有一片令人眼盲的赤红。

到这时,也只有那些曾见过类似阵仗的老军卒才知道,席卷天地的盛大火潮,理应是因南海"一人即一城"的烈凰城主到了!

"烈凰城主……"

虽然这些水神妖灵明知引火烧浪的凤凰女神,曾被自己这方的小姑娘几招就打败了,但现在再次亲眼目睹烈凰城主轰然而来、煮海烧天的气势,仍忍不住怀疑自己和伙伴们是不是会马上被凶猛的火潮吞没。

"堂主哥哥,还是让我去吧!"轰轰巨响的火焰声中,清脆悦耳的声音再次响起。

"哥哥,这次我还能将她打败!"

"……好!"

历经几次阵前交锋,小言也知琼容天赋异禀,灵最清,神最明,即使面对再凶险的敌人,也不会太吃亏。何况,眼前神火璀璨的凤凰女,往日确曾败在她手下。因此,听得琼容出身请战,小言迟疑了一下,便同意了。

听得哥哥赞同,琼容当即欢欣鼓舞,唤出那对朱雀神刃,身形急闪,转眼便来到二十多里开外的凤凰神女面前。

原来火烧眉毛、烟气熏鼻,大抵也只是众人的错觉,气势燎人的火焰潮头,离他们其实还有几十里地。

再说琼容,到了凤凰神女绚近前,便立脚停住,丝毫不顾火气熏人,瞪着大眼睛盯着火海中那位婀娜的凤凰神女,叫道:"又是你!我说你个大姐姐,怎像小孩子那般不懂事,被我打败了,竟又来挡住我小言哥哥的道路!"

听她叫战,神光丽影气象非凡的凤凰神女却一时静默,只有她身下那些神幻虚缈的流丽尾羽,和着四外吞吐数丈的明热火焰一齐飞舞,让她有了些生动的气息。

"姐姐,你怎么不说话?"

愤然说出恶语,却见这个姐姐并不搭话,小姑娘不免有些泄气。

琼容一边警惕地瞪着凤凰神女的一举一动,一边在心中想道:"呀,这个姐姐……难道这就叫'不动声色'?听哥哥说过,越是遇上这样的敌人,越是要小心注意!"

因此,虽然这时那火影中的神女仍一脸平和,琼容却变得更加紧张,口中屏住呼吸,手中将小刀握得更紧。

"琼容……"

正紧张不安间,凤凰姐姐却突然说话了,嗓音温润如水地喊了她一声。

"哎!……嗯?!"

听凤凰姐姐相唤,琼容忍不住答应一声,答完后却立即觉得不对,一双乌溜溜的大眼睛赶紧盯住凤凰神女一举一动,满含警惕地质问:"你、你怎么知道我名字?!"

"嗯……该知道便知道了。"

听琼容这般问,凤凰神女绚端丽出奇的容靥上忽然浮现出一丝微笑,也不管她是否惊讶,突然神色和蔼地跟她攀谈起来:"琼容……我可否问你一个问题?"

"好!"

虽然总觉得这个大姐姐叫自己时,"琼容"后面还含糊地跟着什么称呼,不过没什么关系,倒是她说想要问自己问题,大为可疑。

"哼!"琼容有些多疑地想,"哼哼,一个个不要以为我长得像个小孩子,就敢拿话来哄骗我。我才不会上当呢!"

虽然心里生疑,琼容却忍不住想听听是什么问题,嘴里便答应了。

见她允许,凤凰神女便道:"小神凤凰女,绚,于南海烟波中修行已有八百余年,希有一日能成大道,不堕万劫,一身羽色与日月同辉,浮翅往来于天地,体阴阳之妙,存晦芒之道,身入太漠之乡,神出化机之表……只是——"

不顾小姑娘听得晕晕乎乎,如堕十里云雾中,原本冷静端庄的凤凰神女,此时却如竹筒倒豆子般急速诉说:"只是这许多年过去,无论我如何艰苦修持,却始终难进一步,到如今仍是羁縻尘网,如迷如梦,成不了妙道,见不得真仙。眼见千年劫期将近,只恐万劫不复,却只能终日碌碌。敢问,你可否指教小神一二?"

说完请求,凤凰神女绚闭口不言,只双目灼灼,紧紧盯着琼容。

"呀……"

琼容一贯除了哥哥之外天不怕地不怕,此刻被她炽热双眼一瞧,竟好像被瞪进心底最深处,禁不住心里发毛。

"要我指教?"稍稍避开凤凰神女灼灼的目光,琼容冷静一想,只觉得其中大为可疑,"从来都只有我问人,没人会问我。哼,哥哥说过,'反常即妖',定是这个大姐姐不老实,在想法骗我!"

想通这节,琼容便有些生气,哥哥这些天中教她的那些临阵话也都涌上心来。

于是,就在凤凰神女还在等着她回答时,琼容皱了眉头,将小脸一扬,有些没好气地跟这个只想骗人的大姐姐说道:"哼!你……要我指教,那就告诉你好了:'既然执迷不悟,那就自取灭亡!'"

"唔……"

凤凰神女听得琼容口中忽作大人之言,一时不觉有异,反倒再次陷入沉默。

"不知道在打什么鬼主意!"琼容心里说道。

正当琼容暗自提防时,却见凤凰神女已然开口说话。

只见万缕光焰中,神色静穆的幻丽女子展开笑颜,开心地低头对着小姑娘盈盈一拜,欣然说道:"多谢指点迷途!"

莫名其妙地谢过,灿若明霞的凤凰神女在小姑娘目瞪口呆的注目中,忽然挥手腾起烟光一道,一团炽烈至极的火苗从她足下生出,蔓延过缭绕飞飘的灿丽尾羽,转眼便到了腰际。在炫耀光明的奇异火焰中,神女无论是泛着奇光艳彩的细腻肌肤,还是光丽流华的裙羽,全都化为了青烟。

"凤凰姐姐?!"

直等到噬灭一切的火焰烧上纤秀的脖颈,即将吞没嫣然的笑颜时,琼容才从无比震惊中反应过来。

看着眼前活生生的人就将焚毁无踪,小姑娘这时早已抛开了一切敌我喜恶憎恨，只晓得不顾一切地大叫阻止："姐姐别自杀呀！有话好好说，我们不打仗了！别听琼容的话呀！琼容不懂事，真的只是小孩子，琼容说的话，全都是随口胡说的啊！"

"……"

不知烈火焚面的大姐姐是否听清了她的话。在一片轰轰烈烈的火焰燃烧声中，口不择言劝解着的小姑娘，最后只来得及听到安详消逝的神女，在最后时刻说了一句："琼容……今日之诺，莫失莫忘……"

琼容听到时，这句奇怪的话的尾音已同嫣丽的容颜一齐袅袅消散……

正是：

神驰身外，

清心问道烟云路。

散形存真，

不惹人间桃李花。

"呜……"

等琼容泪流满面时，漫天的火潮已随着它主人的消失而消散了。

几乎转眼之后，那些被滔天火浪熏逼的军卒，头脸上又能感受到海风的湿润咸涩。

神力强大的凤凰神女，又被琼容打败了，前进的道路又畅通了。几乎所有人都这么想，浑没看出刚才那场缭乱烟火中的奇异风波。

这时，也只有从那个已经靠在马上小言身前的小姑娘眼中仍不住扑簌簌落下的晶莹泪珠，才看出刚才那场速战速决的战事，似有些不同寻常之处。

"琼容,别难过了。"

这时,旁边也只有和小言并驾齐驱的灵漪儿才听得清小言安慰的话语。

"琼容,你知道凤凰还有个名字,叫长离吗?"

"呜呜……不知道呀……"

博识的小言这问题,成功地转移了琼容部分注意力,如断了线的珍珠般不断从脸上滑落的泪水,这时也渐渐止住了。

"是啊,凤凰又叫长离鸟。长离原来指朱雀,就是你常常唤出玩耍的那两只。"

"呜呜……那为什么凤凰也叫长离呢?"好奇的小姑娘抽抽噎噎地问道。

"呵,那是因为神灵纯正的朱雀鸟,到了我们人间便容易沾上红尘俗气。被尘世沾染了,她们原本鲜红单纯的羽毛,便变得五彩缤纷,这时我们就叫它凤凰。"

"哦!那凤凰姐姐原来和我那一对火鸟一样,也是一只朱雀鸟?呜,很有趣……可是哥哥啊,琼容还是想哭!"

"哈!别着急哭啊,哥哥还想告诉你,那朱雀凤凰的长离,只不过是说离别的时间有点长,说不定以后你还会有机会再见到她呢。"

"再见到她……真的吗?!哥哥你可不能哄我!"

"当然,哥哥从不骗人!"

"好,那就不哭了!"

这时,琼容终于从刚才那场悲痛中解脱出来,破涕为笑。

于是之后的对话,又像兄妹二人以前在草路烟尘中赶路时对答那样,变得可笑而又随便了:

"对了,琼容,你那个凤凰姐姐为什么单找你问这些?"

"……我也不知道。可能她觉得琼容又乖又可爱吧。"

"哦……

"看来也只有这个可能了。"

"嘻,是啊。对了哥哥——"

"嗯?"

"你放心,琼容会一直努力帮你打败敌人的!"

"哈,是吗……"

"当然了!琼容不仅要为雪宜姐姐报仇,几天前还听妖族的爷爷说,要是这回我们能把南海打败了,妖族就能振兴啦!嘻嘻,哥哥你知道的,琼容其实也是妖族一员,是小狐仙呢!"

"哦……"

与往常的对话一样,面对聪颖天真的小妹妹,机灵的小言常不知该如何回答。

就这样一路对对答答,不知不觉中已到了黄昏时分。

琼容朝西边看看,只见到那轮红日已经落到海面上,浮浮沉沉的,就像一只落在海中的红皮球。

看过夕阳,再仰脸朝天上望望,便见满天已经飞起细碎的明霞,红艳艳的,散发着好看的光芒。

仰脸看见这些晚霞,琼容稍一打量,却忽然咦地惊讶一声:"那、那是凤凰姐姐吗?"

原来这时,夕阳余晖映成的满天红霞中,有一道轻紫的彩云飞舞如凤凰之形。

凤头朝西北,凤尾在东南,微微泛着红光的淡紫云霞正流离成四五条漂亮的尾羽,一直在云天上拖曳过万里之遥。这一整道云霞,活脱脱就像一只正向西方飞去的凤凰!

"真像呀！应该是姐姐的魂灵还没走远……"

西天夕阳的余光透过暮云映射过来，和天上映下的霞光一起，仿佛在烟波浩渺的海面上铺起一条光辉的大道，上面充满闪闪发光的羽毛。

"……顺着这条道路，会走到什么新的地方呢?"

望着西边这条自己眼中梦幻般的道路，小姑娘一时陷入了沉思……

正是：

涅槃竟有痴仙子，

却累稚儿半晌猜！

第十六章
一言未合,挺白刃以万舞

几乎烧遍整个南天的炽烈火光,在小女将琼容冲到火海边缘片刻后便全都烟消云散了。据后来少年主帅的描述,那位名声显赫的烈凰城主已魂归九天,从此不会再出现。

听到这个消息,众人喜悦之余,不免对张琼容的法力大为惊叹。

关于这个小姑娘,他们也大都听说过其来历。据说这个名叫琼容的小丫头,在小言以前从未跟随过任何人,连"琼容"这个名字都是小言给起的。因此在大多数人心目中,琼容这一身本事应都是从她义兄张小言那里学来的。

因此,众人每回见识到她那些出乎意料的高强本事,对她大加赞赏之余,却更多地敬佩她的授业义兄,越见她出色,便越觉得那位看似平易近人的少年深不可测。

且不提众人敬服,再说小言,作为此行的先锋主将,他考虑事情倒不能仅仅局限于眼前。就在众人赞叹琼容神奇勇猛之时,他正在心中不停思索,反复权衡。

等他身前身后铺天盖水的浩荡队伍又行出三四十里,他便立即下令停

止前进。一万多人的妖神混合队伍,就此在这距离九井洲一百四五十里的宽阔海面上一字排开。

既然烈凰城主前来挑战,便说明南海龙族显然已经了解到他们此行的意图。小言心中十分清楚,这次他率军前来只不过是为主力投石问路,既然敌意已明,那便没必要贸然硬冲。

小言传令三军摆开阵势小心警戒之时,夕阳入海,夜幕降临,看四外朦朦胧胧的夜色,大概正是人间掌灯时分。

抬头望望天空,广阔的苍穹如同一块深蓝的幕布,正布满了灰暗的流云。一片片的流云被撕成了长条,又或是呈现出一种鱼鳞的形状,在暗蓝的夜空中不动声色地流动,时时遮住本就不甚明朗的星光月色。

这时,若小言运了道力,凝神朝东南望望,即使在暗淡的夜色中也能看见那座己方即将攻打的目标洲岛。

夜色中,九井洲就像一座连绵起伏的丘陵,暗淡无光,黑乎乎一团浮在反射着星光的海水中。

九井洲周围,似有一层薄雾缭缭绕绕,荡荡悠悠,将神秘莫测的海外仙洲遮掩得若隐若现,缥缥缈缈,看上去如浮天空。

"那就是九井洲了!"

虽然运起法力看过去,九井洲似一览无余,但这等障眼法已骗不了小言。

纵横一时的南海龙军,如何能以常理揣测?因此,虽然隐约能远远看见九井洲,他还是严厉约束部众,命令所有人小心戒备,时刻留意观察海上天空,防止敌人突然袭击。

就这样过了大约小半盏茶的工夫,云中君、冰夷率领的大军终于赶来。

大军到来后不久,便有一束束水族特有的神光冲天而起,诸妖兽道子惊奇地发现,对面原本空无一物的海面上忽然间黑雾弥漫,火光隐约,晦暗难明的奇异雾霾中旌旗展动,种种低沉古怪的嘶吼声连绵不绝!这时他们下意识地瞅瞅天空,忽见远方夜云边正有上百条游蛇一般的身影蜿蜒而来,不到片刻工夫对面天空中便布满乌色的蛟龙!

到这时,两处大军便已在九井洲西北约百里处展开对峙。两股针锋相对的力量,经历过最开始的几场大战,这两三月里或是蓄力,或是蛰伏,还没有哪一次像今晚这样倾巢出击。

在双方大军云集的会战中,大家反而都不敢轻举妄动,虽然各自内心如猛兽般愤怒咆哮,但在最终决定总攻之前,都像狭路相逢的虎豹,只在原地不停地刨动爪牙,警惕地观察着对方,谁也不肯抢先进攻。

又过了大约半刻工夫,正当山雨欲来的气氛压得人快喘不过气来时,东南南海龙族阴沉沉的大阵忽然中军洞开,就如同黑夜中民舍院墙突然塌裂一口,猛然透射出一束明晃晃的亮光,光明乍现之处飞出一物,眨眼工夫便已飞悬在眈眈相向的两军正中。

"轰、轰……"

忽然飞出的巨大阴影,在众人注目中有节奏地拍打着强健的翅翼,乌云一般的鳞翼上下翻飞,带起巨大的风声。在低沉有力的拍打轰鸣声中,即使远在数十里外的四渎军卒,仿佛也能从吹面而来的海风中感觉到那份火辣辣的霸气。

"应龙背上那人……是孟章!"

应龙初现,四渎阵前眼力好的水灵妖神稍一辨别,便马上看出乌黑应龙背上跨骑的正是一向勇冠南海的无敌神将孟章!

"咦?他怎么会先出来?!"

难怪众人狐疑。原来这样的大战,却和平日坊间说书先生口中的战斗完全不同,绝不会在两军厮杀之前先由双方各出一名战将比武。实际上,双方统帅只会各寻对方破绽，或主动出击，或守株待兔，派出战斗的基本都是将卒俱全的部曲军伍。除非根本不想打仗，否则双方主帅绝不会先行露面。

因此，现在见孟章居然率先现身在众目睽睽之下，四渎一方包括云中君在内，都是满腹狐疑，不知孟章究竟打的是什么主意。

正当众人疑惑时，却听那跨坐在应龙背上悬停半空的水侯开口喝了一声："各位劳军远渡，却不知张小言何在！"

此言一出，众皆惊讶。

"他找我做啥?！"

虽然惊诧，但听孟章点名，小言自然不能惧怕。跟左右问清刚才孟章确实是在叫自己，他便交代了一声，又朝坐镇中军的云中君微一示意，等他颔首应允后便一甩背后玄武霄灵披风，足下策动骐骥风神马，在两道金辉银气中如一道贯日长虹般直朝东南如电飞去。

转眼之后，张小言便与孟章巍然对峙在空阔百里的夜空中。

"……"

金戈铁马、两军对垒之时，再次见到恨入骨髓的宿敌，两人却一时都没说话。面面相觑之时，两位众人眼中的强者，竟不约而同地百感交集。

对面神光笼罩的英武战将，就是当年那个唯唯诺诺的少年？若不是孟章已将他的来历调查过十来遍，就是到现在他也不敢相信正是这个出身乡村的小子，带领麾下将自己经营多年的南海搅得天翻地覆、鸡犬不宁。

孟章感慨之时，小言也在打量着他："这就是那位不可一世的水侯?"

再次从近处见到高大的水侯，小言也好像头一回认识这个人。

从前那个水侯，即使沉默也盛气凌人，举手投足间自然有种飞扬跋扈之气，但此刻再见时，却只看到一位举止沉静、满面温和的忠厚君子。

虽然颧骨高突的面容依然威武，浑身云霾缭绕的黑甲黑袍仍旧将他衬托得冷酷森严,但不知何故,现在再亲眼见到名闻遐迩的绝世枭雄,小言却从他的脸上看出几分落寞沧桑之色。

"小言。"静默之时还是孟章先开口,"这回我来,却是要向你认错。"

"认错?"小言不敢置信。

"是的,认错。"

孟章温和了脸色,柔和了嗓音,说话时声音不高不低,不疾不徐,正是一派光明磊落的神色:"张小言,往日是我孟章看轻了你。这便是我的过错。不过,俗语也云,'识人需待十年期',当初是我鲁莽,但这几个月来,你来我南海中纵横捭阖所向披靡,雄姿伟岸勇略兼备,着实令本侯敬佩。

"张小言,今日不怕你笑话,我孟章上千年中从无对手,其实颇为寂寞。现在幸亏遇到你,才觉此生不虚。不管你是否相信,对比本侯一贯宣扬的雄图霸业,若能遇得一位真正的豪杰,和他联手横逸宇内,那才是我孟章平生真正快事!"

听得孟章之言,过了初始的惊讶,四海堂堂主已是波澜不惊,听他说完只静静问了一句:"水侯大人,你这是在劝降吗?"

"不错,就是劝降!"孟章慨然叫道,"招揽、接纳,还是劝降,我想以贤弟胸襟,当不会计较如何说法!"

说完,看了一眼小言,孟章毫不迟疑地继续说道:"怎样?你若来,南海当与汝共。只要你不嫌弃,本侯愿以半壁海疆为礼。若是不信,你现在便可随便挑一处领地!"

"……"

见一贯高高在上的威猛水侯将这番推心置腹的话娓娓道来,小言一时竟然有些发愣。

静默之中,他脑海中并未考虑分毫孟章的建议,却走神去想另外一件事:"哎呀,原来这世上真有所谓'王霸之气'。以前只以为是胡说八道,现在亲眼一见,才知原来果然存在!"

真是不在境中不知道,此刻若换了旁人怕很难理解小言这时的亲身体会。

与生俱来的骄傲,常年养成的霸气,此刻混合在对面这位南海水侯身上,他侃侃说出的话语便由不得听者不马上答应。

当时孟章说完的那一瞬间,小言甚至生出这样的错觉:若是自己口中迸出半个"不"字,便立即会被天打雷劈!

至于这满是王霸之风的水侯具体许诺了什么,这时候已经并不重要了。

"孟侯。"

小言运了运体内的太华道力,舒了舒筋骨通了通血气,这才定下心神,恢复常态,便略带嬉笑地跟眼前这位突然看重自己的水侯说道:"孟侯刚才俱是金玉良言,我没什么见识,倒也十分心动。"

"呵,是吗?"

"是啊。刚才听孟侯之言,我似可以在南海中随便挑一处领地?"

"当然!"

"那好——"四海堂堂主眨眨眼,道,"那我挑神怒群岛。"

"这个……"孟章略一踯躅,为难道,"不瞒你说,这神怒群岛一向是我二姐的领地,我也做不得主。"

"是吗?"四海堂堂主心中冷笑一声,又说道,"那换作神之田如何? 就是当年的阴祟之地鬼灵渊。"

"这个……"

听着小言满口胡言,专拣要紧处挑,孟章强压着怒火,耐着性子解释道:"鬼灵渊……你也说了,鬼灵渊乃阴祟之地,十分晦气,经我多年镇压仍是鬼气汇集,恐怕会于你不利。小言啊,你若真有心,我南海中翠海灵洲有的是,何必专要这些不毛之地。"

"罢了！"孟章一言还没说完，四海堂堂主便厉声断喝，叫道，"孟章，本想你还有几分诚意，我才跟你凑趣答话。谁知才说了两个要求，你便推三阻四，十分不快！"

孟章闻言，勃然变色，正待骂回，却听小言连珠炮般继续说道："孟章，你以为我张小言今日来南海，是为执珪裂壤、划海分茅？你却忒高看我了！实话告诉你，今日我张小言来，只为讨还血债！当年我们堂中之人悠游千鸟崖，坐对清柏，潇然无事，是谁莫名打上门来？我门下雪宜姑娘芳魂弱质，转瞬飘散，你更冰冻罗浮山，涂炭生灵，这会儿你倒想起和我称兄道弟来了！"

"哼！"见小言说得决绝，孟章心头火终于再也压不住，鼻孔中哼了一声，斜睨小言说道，"哈……原来你是心疼那女子，那你可知道，她的遗体还在我宫中！"

"你！"小言闻言吃了一惊，愣了一下，急忙道，"雪宜遗体还在你宫中？！孟君侯，你将她置于何处？可曾损坏？你快交还于我！"

"哼……"见得小言这般情急模样，孟章冷哼一声，心中鄙夷，这奸诈小贼，区区一点激将法便想骗倒他。

孟章以为，小言的真情不会如此轻易流露，现在这个模样只不过是阵前激将，好激他孟章一怒将那女子遗体毁掉，从而被六界耻笑。

哈！只可惜这点伎俩若是别人使来，他孟章还得犹豫一二，只是数月来的种种事迹证明，对面的小贼奸恶非常，从他口中说出的话，他只能朝相反方向想。

更何况，这小贼除了奸诈狡猾之外，有一点还同自己十分相像："无论他是何说法，我却知他和我孟章都是骄傲之人。我等这般人，又怎会将什么儿女情长真正放在心上？！"

想到此处，越想越觉得正是如此，孟章便偷眼朝小言看去，只见小言满脸悲容，看起来跟真的一样。

见这样，英明神武的水侯便忍不住放声大笑，盔缨乱颤地大声说道："哈哈！小言你放心，虽然你恶言相向，但我水侯大人有大量，只会以德报怨。那女子，既然你牵挂，我孟章自会卖你一人情。其实就算你不说，我孟章一世豪杰，又如何会难为一个为主挡剑的忠义女子。你放心，雪宜姑娘一直好生躺在我南海宝地绝密冰窖之中，你完全不必担心。"

"这……"

这一回说完，孟章偷眼观瞧小言神色，终于让他发现小言忍不住露出一丝失望之色，虽然细不可察，却仍被他如电的神目看到了！

"哈哈！畅快！小贼不自知，还敢在本侯面前耍滑！"

孟章略略得意，那壁厢小言心中却猛然松了口气："罢了！果然，孟章自以为是，已认定我是奸猾小人——这回他终于中计了！"

只是虽心中宽慰，却被孟章刚才所言勾起了思绪，于是小言便忍不住想起了往昔那张清冷温柔的容颜。

英灵远逝，魂客天涯，但熟悉的音容笑貌，却宛如仍在眼前。哀伤回想之时，猛然又想起一生清苦的女孩罹难那日，自己却还曾鬼使神差般厉言呵斥过她……想至此处，四海堂堂主喉头已然哽咽，眼圈禁不住开始泛红。

"呀……"见小言双目渐渐赤红，刚刚一番劝降失败的水侯却是一惊，心道，"莫非他在运什么邪恶魔功？"

饶是水侯法力高强，一想起之前无支祁、青羊那些诡异遇难的事，也禁不住头皮发麻，抢着大喝一声："好个小贼，既不听本侯良言，那便转生去吧！"

一言未罢，他手中闪电炼成的裂缺神鞭，立时爆发出耀眼的光芒，轰然朝小言打去！

第十七章
风云倏烁，电百仞而飞虹

心高气傲的水侯孟章一番招揽，希图勇猛无敌的小言能够俯首归降，但等小言表态过后，孟章心中原存的一线希望便告破灭。

略停一刻，再见小言双目泛红，其中渐有奇光闪动，饶是孟章身经百战，也丝毫不敢怠慢，当即便决定先下手为强，遂一鞭朝小言打去。

电光闪耀的绝世神兵划破夜空，带着凄厉的杀气直扑小言，看似避无可避，但当电光初闪之时，神机灵敏的小言已然知觉，当即奋力朝上一蹿，堪堪避开杀气腾腾的神兵。

"吱啦——"只听一声撕裂心肺的轻响，一道金蛇一样的电光便消失在小言身后的夜空里。

"哪里走！"

一鞭打空，见小言从马背蹦起蹿入云空，孟章毫不犹豫，当即倏然脱离坐骑应龙，如一条入水游鱼般蹿入夜空，紧撵在小言之后又是奋力一鞭打去。

"哎呀！"

此时身在虚空，倒不似方才那般方便借力，感觉到脚下炽热电光射来，

小言慌忙御气朝旁一避，只觉背后盔甲猛一下剧震，就好像一辆大车忽从身上急速碾过！

这一下重击，让他一下子差点掉落海面。

如此情形，若换在以前，很可能他早就被打下云去了，只不过现在小言已今非昔比，不仅有神甲护身，而且数月来他在南海博大的海天中抓紧修习，炼神化虚之术早已练得炉火纯青，现在体内灵机充沛，气势磅礴，运转之时，虚实相间，有无相连，仿佛与天地同源的神机周而复始，汩汩然不见断绝。

因此，往日里几乎一鞭便打败对手的水侯孟章，此后又连挥数鞭，只打得黑暗云空中电光乱蹿，闷雷轰鸣，却始终没能给小言造成什么致命伤。

饶是这样，这十几鞭下来小言仍是疲于奔命，只顾全神贯注地在天空中乱蹿，丝毫没有还手之力！

"上啊上啊！"

只顾苟全性命于乱鞭，在呼啸的天风中艰难呼吸着寒冷稀薄的空气，着忙逃命的四海堂堂主此时唯一能留存的思绪便是："上啊！大伙儿一起上啊！怎么大家都袖手旁观?！"

出身市井的小言却不知，此刻他和孟章在众人心目中，并不是普通的敌对。

"这是命运宿敌之间的对战啊！"

现在云天上的两位，一个是南海中最杰出的神灵，一个是中原大陆上最强的后起之秀，之间再夹杂上损门折将、争权伐国的仇怨，这样旷古绝今了断恩怨的对战，如何容得外人随便插手？

于是小言拼命躲避之时，所有人却都屏住了呼吸，抻长了脖子，兴奋而又紧张的目光紧紧追随着一前一后流星赶月般的身影，努力在闪烁如鬼影的电光间隙捕捉到神妙无比的追逐身形。有好学者，甚至还期待能在这样旷古难遇的时刻，悟出天地间万物运行的至理！

"呀！"此时四渎一方自然个个紧张，敌对的南海一方却还有很多人在想，"果然盛名之下无虚士，传说中的妖主确实不同凡响！今日让我亲眼瞧见，也是不虚此行……只是满身光明神甲的妖主，怎么今日开打之时，没说一句'闻吾之名，不堕幽狱'？"

原来这些天关于小言的消息已在南海中传得沸沸扬扬，除去其中龙宫故意散布的险恶谣言，还有人从上回大战中小言召唤出大批白骨鬼灵跟在他光明灿烂的装束之后攻掠如火，生出许多五花八门的联想。

其中有一种说法是，张小言乃是圣灵神人委派来消除苦难的神子仙灵，号称"太华神子"，而这太华神子对敌之时总是喜欢先喊一声"闻吾之名，不堕幽狱"！

听到这句话的，不仅活人能从此超脱，不受刀兵之苦，便连南海海底沉埋已久的冤魂鬼灵，也可脱去水怪海妖的束缚，重新做人，此后剩下的骨架皮囊会自动为恩主服役，因此，听过这个说法的南海水灵今日便有些纳闷，怎么今天这太华神子开打前没喊上一句口头禅。

就在这形形色色心思各异的观战众人中，只有两个女孩深谙小言的习惯，一个攥紧红焰小刃，一个握牢苍云大戟，只等情势不对头便冲出去救援。

"哥哥应该打得过！"

心脏已提到嗓子眼儿的龙女灵漪儿，每次听到身旁琼容信心十足的猜测，心里便也半信半疑，几次都没急着冲出去。

略去旁观众人津津有味地观战不提，再说正在云空中打斗的二人。

这时候，小言固然躲得辛苦，孟章却更加着急。原来，就刚才那一番追逐，聪颖非常的四海堂堂主竟很快习惯这样的躲避，任孟章神鞭狠打，却也再不似开始时那般害怕。凌风御虚,用心躲避之际,虽然一时无暇出剑还击,偶尔倒也有些余暇朝旁边观察。

"呀!原来我那马儿,也能和敌骑对战呀!"

原来小言偷空看去,恰见自己刚刚跳离的骕骦风神马,已和孟章的黑龙坐骑战在一处。

"白马黄金鞍,黑龙紫丝控",斗得正欢的两匹神骑和它们主人之间的情势却略有不同,此刻年轻灵活的骕骦风神马已占了上风,一道道闪着青光的风刃冰刀从四面八方呼啸而至,朝那位只顾向前喷火的前辈老龙飞去。

孟章几番打小言不着,反见他溜得越来越麻利,心中不免有些焦躁。

此刻他也已经恍然大悟:"此战不仅仅是胜负之数,还关系到我孟章的脸面!"

念及此处,久经沙场的水侯反而平静下来。

瞧了一眼前面那位在自己裂缺神鞭下躲得正欢的少年,孟章压了压心里越来越大的火气,在天际乌云边一声冷笑:"好个张小言,怪不得往日无支祁、青羊在你手下讨不得好去,果然是比泥鳅还溜滑!只这躲避的工夫,便先占了个不败之地!不过今日算你倒霉,本侯这就教你死无葬身之地!"

一念想罢,怒火冲天的水侯当即口中念念有词。一阵短暂而急促的咒语过后,他手中的白玉八节鞭忽然电芒大盛,一阵刺眼的白光转瞬照亮昏暗的天地!

在下方一直仰面观战的军卒,原本见两人头上的夜云犹如十万大山倒悬,黑黝黝的云峰顶头如铁锥般朝下,森森对着自己所立的大海风波,和海面那些奔涌如峰的浪涛互相呼应。但只在一瞬间,刹那的白芒闪过之后,原本黑暗森然的海夜云空却突然亮如白昼!原本连绵如丘的黑暗云朵,此刻却像白鲤的鳞片一样流布天际,朵朵白云荡荡悠悠,连在一起又好像漫天铺满了棉花堆。

"发生了何事?!"

见昏暗的夜空忽然亮如白昼,不仅四渎玄灵一方大惊失色,孟章本部的南海军卒也一同发愣!

在这之中,只有云中君、龙灵子等少数经历过千年风雨的老神祇才猛然想到,现在白昼黑夜颠倒的景象,应该是南海水侯耗大神力,解开了他那条天闪裂缺鞭的封符,将本质天然的八条闪电重新释放,才照得云海天地犹如白昼!

孟章手中的天闪裂缺鞭,乃世间罕有的先天神器,由居住在海大尽头雷室之中的雷神铸就。

雷室海渊的奇异神灵,经千万年之功,挑选了亘古以来天地间最强大最猛烈的八条闪电,按阴阳八卦之理炼化成鞭,肉眼凡胎看去,这鞭只是玉精石质,其实其中蕴含天地间最为刚猛阳烈的神力。

孟章曾拜雷室中的神灵为师,其人本又刚猛无俦,胸怀大志,便被传予这件至宝神兵。

可以说,久如散沙的南海众屿没能在南海龙神蚩刚、南海大公子伯玉的文治谋略下归为统一,却在孟章的武功下合而为一,这件负有"天闪裂缺"之名的罕见神兵,有着莫大的功勋。

由于天闪裂缺的玉鞭之形已足以威震众神,解开它的封符又需耗费莫大的神力,因此在上千年漫长的征战中,水侯孟章真正用到神鞭原形作战的机会不过两回。仔细算来,这次应该是南海龙侯的八闪神电第三回出世。

"哼! 张小言,没想到你一区区山野小人,竟有幸在本侯的八闪神电之下化为灰烬,也算是走了八辈子的运气,足以史上留名!"

就这样转动着复杂难明的念头,威震天南的南海水侯终于施展全力,极力掐住八条裂缺闪电核心部位,将一条条光灿夺目的天闪雷电朝小言劈去!

八条上万年前天地间自然生发的电火,一朝释放,便有如八条久潜深渊的巨龙一朝腾起,朝天地八方欢悦奔腾。

在孟章巧妙操控下,以他雄健的身躯为核心,汹涌的闪电瞬间刺破昏沉的夜空,向八方吞吐出长达万里的电苗白焰。

刹那却又永远的电光,闪亮了天地,腾耀了四海,倏然横行在众人头顶,如一只凶恶的巨蟹,突然向四面八方探出爪牙钳螯,轻轻试探了一下,便收拢了其中七束光钳,只留一支最凶猛的电螯,一往无前!

电锋飞蹿噬处,自然是茫茫然凭虚御空的小言,而所有这一切,按上述条理叙来自是过程分明,只是电光闪耀极目的一瞬间,又有谁能看清? 此时生死真不过是一线之间!

"……"

就在海面旁观众人只觉得眼前一晃黑夜亮如白昼之时,身处其中的小言突然感到一阵寂灭。

原本自如的身躯,忽如一条柔弱的小蚕即将被泰山压顶的巨石砸烂;原本清明澄澈如同万里星空的心神,突然间一阵黑云飘过,瞬间将脑海心头太华道力生发的灿烂星河遮没。一种从未有过的寂灭的无奈的悲伤感觉,如决堤的江河湖水澎湃而过,将他齐顶湮灭……

"驭剑诀!"

就在生死一线间,一股不甘情绪驱动下第一个浮现心头的,却是自己上清宫师门中最浅显的驭剑诀!

在心中一声暴吼,背后那把从来都是若即若离的古剑封神倏然离鞘出剑,在小言身后猛然上下一跳,在他背后不到半寸之处,生生挡住了那道激射而来的电芒!

"轰!"

至阳至烈的闪电碰上幽然含光的古剑,瞬间爆发出巨大的能量,转瞬便在小言背后咫尺之遥炸出一轮白炽的天日,周围的空气被炽烈无比的闪电剑华一烘,瞬间朝外爆炸开来,猛然在方圆百里的高空炸出一声惊天动地的响雷!

"啊……"

转眼间发生的天地剧变,无论是四渎玄灵还是南海水族,竟有许多力量低微的军卒被瞬间震聋了双耳刺瞎了双目。

惨变忽生之时,并没听到多少惨叫,是天空中的巨雷掩盖了一切,这变故又发生得如此之快,纵然眼中漆黑耳中剧痛,却一时来不及反应!

"……果然厉害!"

在众人看来只不过眨眼间发生的事情,操作闪电的水侯孟章却看得十分清晰,口中称赞一声,面上神色却变得更加狰狞,他嘴里立时疾念神诀,手下扭转阴阳乾坤,顿时将一击不中的闪电倏然收回!

"看你这次如何不死!"

到这时孟章也杀红了眼,心中其他什么仇恨念头转瞬皆无,只剩下一个念头——张小言,去死吧!

"不是想占鬼灵渊吗?那这回便让你见识一下鬼灵渊神主灵法的厉害!"

将八条闪电束成一束之后,看着手头这根环抱几有数丈的粗大电柱,孟章默然动念,双目中异色连连。转眼后,并拢一处的哔哔电柱中便悄悄多了些别样的成色。

"去!"

心念动处,双手并指,巨大无比的八闪电柱应声而动,瞬间飞过千里,带着咝咝的吼叫,如同毒蛇般朝刚被炸到九霄云外的少年扑去!

"呃……"

不知何故,若说刚才那一条电芒飞来时小言还有些手忙脚乱,此刻面对八束合而为一的巨大光芒,他却嗅到一丝别样的气息:"哦,好像我应该狂妄悖乱,不等电芒打到,便自己心碎而死。"

冥冥中听到这样不容置疑的召唤,小言反倒忽然平心静气下来,只静静立在虚空中,等待异样的电光杀来。虽然明晓了电芒来意,却还这般镇静,连小言自己也有些奇怪。

此时那封神剑,也忽如闺中的处子,收敛了幽然的闪华,只静静地横在小言面前,微微侧身看着肆无忌惮的电光——

在常人眼中几乎一瞬而至的巨硕电柱,越飞到近前,柱头便越朝内里收缩坍塌,等到了一人一剑近前,已变得如剑锋般犀利细小,原本能够充盈天地的光芒,此刻已收缩到针尖大小。

方寸之地中,原本雪白的电光已变成乌青颜色,在锐如锋矢的弹丸之地嘶吼,似乎只等触到目标,便要撕裂而入,无论前面是天地鬼神还是巍山巨岭,都教它灰飞烟灭、万劫不复!

"呼……"

当闪电华柱端头收缩成一支利剑锋芒时,小言在上清宫学到的另一招绝技也已出手。

御气凝神,双手凌风虚指如弹筝抚琴般随意弹动,一朵朵飞月流光便从不动声色的古剑上飞出,鱼贯飞向盛气而来的光柱。

此后,让这会儿还能够留心观察的旁观者目瞪口呆的是,这两位他们眼中的绝世英才,竟好像玩起了一串糖葫芦。不可一世的乌青电柱迎面刺入一朵朵雪白的光团,一朵,两朵,三朵……直到穿上大概上百只亮白的光团,凶猛刺来的闪电才渐渐止住势头。

这时,云中君等少数几人看得分明,千里外锐如利牙的闪电锋头,离悠然临风的小言只有三四步了!小言恬然的目光神色,甚至已被激闪的电锋映成了绿油油的颜色!

"哎呀!"

也不知何故,当极力挥出并不停驱动的神电闪完,最终违背常理地在小言面前停住时,远在千里之外的水侯孟章突然间心头如遭重击,喉头一甜,竟差点吐出一口血来!

气急攻心的南海水侯,这时再也顾不得许多,施力将那串糖葫芦般的闪电撤回后,便大吼一声,忽然在云端化成一条恢宏的红鳞巨龙,张牙舞爪地朝小言飞去。

这时,刚才被闪电焰芒烧熔的乌云,也终于轰一声崩溃,掠过神龙巨硕的身躯,朝天下海上泼洒起瓢泼大雨来!

"哎呀!"

到得此时,刚才还从容不迫的小言也觉得力竭,身体里原本充盈的太华道力已几乎消耗殆尽,这时再见孟章化作凶猛的恶龙摇头摆尾扑来,也觉胆寒,一时顾不得细思刚才的一切,赶紧一脚踩在那把刚立了大功的瑶光神剑上,飘飘摆摆地避过孟章鳞爪飞扬的锋芒,回归本队。

差不多就在小言接近本阵大营时,刚才那些死活不帮忙的神将军卒如梦初醒,发一声喊一起冲上天空,帮他抵挡住正猛追不舍的水侯。

而这时,南海一边:"……这是真的吗?!"

就在四海堂堂主自觉灰头土脸败回之时,南海龙族一方却鸦雀无声,仍不敢相信自己的眼睛:"玄灵妖主,太华神子,火神奶奶的哥哥……竟逼得主公现形了?"

心中呼喊着小言新的旧的有的没的各式各样的称呼,南海一方军卒均呆若木鸡!

虽然小言还不十分清楚,但无论是四渎还是南海众神却都明白,天地间的神祇妖灵只有修作人形时力量才最强。现在威名赫赫的孟章水侯,无奈化出原形,也只能吓唬吓唬不知情的门外汉,所以现出原形想攻杀法术通神的小言,也只是"跳上脚面的蛤蟆",样子吓人,却不咬人。

这时其实已经得胜的小言却不知情,一溜烟地回到本阵,口中连道"败了败了",正要求得众人相助时,却发现除了琼容和灵漪儿迎接,没有其他人理他。那些原本袖手旁观的妖兵神将,这时个个容光焕发,争先恐后地朝他身后那条势不可当的神龙杀去!

第十八章
蹩蹀横行，灵兽惊以求群

孟章在这方面的见识，可远非小言可比，刚才屡击不中，愤怒下化作原形扑击，前后只不过片刻工夫，便立即意识到此举愚蠢。

于是，甩尾奋力一击，将数十名扑上来的妖神扫翻在地，又口吐火焰冰沫横扫一回，逼退四渎兵将，他便化作人形，弹一弹甲胄袍襟，神态自若地回归本阵去了。

此后，双方主力的决战便回到了正轨上来。建牙大纛招展如浪，令帜门旗摇动如林，一支支生力军似离弦之箭，在各自统帅首领指挥下破浪出击。

这时小言正处在本部中军旗之下，在军阵中与其他部曲将佐统帅同处一线。

对他来说，这还是头一回在这样规模的鏖战中担任一方军伍的统帅。

在流水般号令之际，偷眼朝友部军阵看看，小言便发现在混战初始，虽然一队队军伍次第冲击，前仆后继，看似井然有序，但发号施令处的情形却截然相反，喧闹得如同菜市场，平素尊贵威严的水神妖将这时大多抻长了脖子，扯直了嗓子呼喝，用自己最大的嗓门音量跟旗牌将官们吵嚷传令。只有这样，他们才能在此刻已经沸腾起来的海天战场中让部下听清！

此番大战,从场面上看倒也与初来南海时的几场大混战毫无二致。冲锋令起,铺展数百里的海疆杀场奔腾如沸,稀奇古怪的号啸战歌震彻天地,雄健的蛟龙螭蛇蜿蜒于天际,在浓重黑云边与雷电共同舞动。

法师灵杖上的光华和战士闪亮的刀锋相映衬,激发出绚烂璀璨的闪电寒虹,在昏暗微茫的海天孤夜中交相辉映,映照得海天有如鬼蜮。

纵横交错,纠缠绞杀,所有多彩却冰冷的焰火流光与急促激烈的咆哮呼喝,胶着成一种奇异的情绪,带上些呛鼻的血腥之气,在无边的黑夜中蔓延交替。

虽说,从场面上看似乎和往日的对决混战没什么两样,但具体到战斗的局部,还是有着很大的不同。肉眼能看出的显著差别,便是四渎一方与陆地妖族的配合已和初来南海时千差万别!

比如,在几个月来的演练实战之中,四渎的蛟龙水鹮已教会陆地而来的鹰隼禽灵搏海冲浪之法。

玄灵族的凶猛禽灵,譬如鹰、鹫、鸢、枭、雕之属,原是陆地天空的王者,每回扑猎厮杀都是翅如轮转,巨大的身躯从九天而下,伸出锋锐爪牙搏击对手。

只不过,几次实战证明,陆地云空的飞击之术并不太适合海上风浪间的搏杀。因此隶属四渎的水鹮、巨鸥或者蛟龙之类,便教他们海云浪尖的冲战之法,还根据各自的特点从实战中钻研出新的配合阵法。

比如,当四渎蛟龙抵挡住南海的蛟螭时,爪牙锋利的玄灵战禽便在高空盘旋飞舞,每当看到机会时,便笔直冲下将浪涛中正专心战斗的海族一把抓起,拎到半空,然后海浪中的水族战士便心领神会,各投冰剑梭枪,将半空中无法借力的海族杀死。

除此以外,更有效的则是道门法术和妖灵骑军的配合。和上回桑榆洲平叛时一样,在这样动辄千万人的大战中,上清宫的前辈高人们弃了往日能千里取头颅的飞剑,合力驱动上清宫大型秘术坚波固海术,在本来风起浪涌的海场中极力辟出一片有如蒙皮的坚实水面,让那凶猛无比的昆鸡狼骑在上面奔旋如飞,奔跑成一道巨大的旋涡。

随着上清宫寿龄上百的绝世高人的驱动,坚固的海面越展越大,妖灵兽骑也越跑越开,旋涡也越旋越大。坚波固海术替他们坚固海面,他们又冲击四边为上清宫真人们扩展施法的范围,两相一配合,正是所向披靡,兽骑旋涡的前锋战线不断向前推进。

等到了南海龙军固守的阵势前,那些犀精昆鸡狼骑,已加速到如狂风一般,这时再挥舞着新换的精锐刀斧砍杀,那些看似固若金汤的南海军阵往往一击即溃!

除了上述这些可见的差别外,另外更重要的一点,便是经过这几个月的拉锯鏖战,双方的势力士气已是此消彼长,和当日有了很大不同。

最显著的便是开战几个月来四渎龙王毫不吝啬,大加赏赐,无论是本族还是友盟,明珠、大贝、灵犀、玉牙、玟瑁、翡翠,种种奇珍异宝流水般赏给有功之臣。

上至将帅首领,下至普通小兵,只要立了战功,或者进谏了好言良策,全都有厚赏封赠。甚至,因为按功奖赏毫不拖欠,以至于原本准备的珍宝和新得的战利品不够分,四渎龙君便将当年孟章为讨好灵漪儿送来的珍宝礼品,也从后方急急调来,充作封赠赏给有功之臣。如此一来,四渎帐下各念主恩,玄灵妖族更是受宠若惊,哪还不各效死力!

相较之下,孟章就吝啬得多。

威震南海多年的水侯,这回却想差了。孟章本以为,此番四渎玄灵跨海侵征,自己麾下的将士为了保家卫族奋起反抗,乃是分内之事。大家共赴族难,若是有功只须口头嘉奖几句便是,无须厚赠重赏。

孟章并没意识到,在南海许多势力眼里,四渎攻伐南海并不是什么你死我活的异族厮杀,而是龙族内部争权夺利的小事而已。

按着当时的理念和习惯,云中君率军大举入侵,只不过是龙族内部长辈惩戒以下犯上的小辈,从一开始,就十分合情合理——谁叫自家水侯想差,竟去强抢四渎公主? 如此奇耻大辱,足够让四渎挑起一场战争了。

那么,这战事谁胜谁败,和他们这些南海中的下层水族又有多少关系? 即使南海最后易主又如何? 反正都是龙族内部的事务,自己这小小的水灵实在犯不着为内部纷争拼命。

这样的想法念头,大战初始胜负未分之时,还不十分强烈,但等战局变得不利,南海节节败退后,便在很多人心中生根发芽,如同长草,大家便不像开始时那般拼死抵抗了。

不仅身份相对低微的水族不以为然,那些带有龙族血脉的南海贵族,也同样存了类似的念头。

四渎的老龙王,不是在檄文里说得明明白白——"愿奉伯玉为主",可见辈分比蚩刚老龙神还高了一辈的四渎龙君,不过是看不过孟章飞扬跋扈,想替南海另寻明主而已。龙君这样作为,虽然略有些不符合南海这些年来唯孟章马首是瞻的习惯,但毕竟不是什么万恶不赦之事。

正因为存了这样的念想,南海上下在经历了几个月来的失败后,心思已和往日大不相同。

虽然平时并没多少显现,但到了生死一线的战场上,这点心理作用便几乎左右了战局。

等自己亲见眼露凶光、口鼻喷腥的妖兽在海面上飞刀斩来,命悬一线之际,平日隐隐约约的想法,便突然大为清晰:

"哎呀,反正是别人的家事,我何苦去强出头?出头就得挨刀哇!"

"嗯!虽然妖兽不是龙系水族,但也算龙族附庸!"

刀枪并举的一瞬间,只要存了松动念头,便立即奔逃。

开始时只是几个头脑最灵活的丢盔弃甲逃窜,过了没多久便像瘟疫般传染开来,人心思变,阵脚松弛,刚才还打得有模有样的南海龙军,不到片刻工夫竟开始后退奔逃。

纵横南海数百年的龙族部伍,这么快崩溃还是破天荒头一回!

到了这时,战局变化的另一明证便是,南海那些还有余力的法师极力施法,布起阴霾黑雾掩护部伍败退,四渎一方却设法向对面照耀神光,意图让对手无处藏身。光从这一点看,便可知双方战局形势的消长。

只不过,在这样看似无力回天之时,居在阵中被乱军裹挟着渐渐后退的水侯孟章,却依然一脸镇静,毫不着急。看他平静的神色,似是还有后手,正是胸有成竹。

只是,又等了一时,目睹己方溃败之象愈加显著,孟章也不免心急起来。

须臾之后,神鞭电指,打向几个慌不择路竟冲到自己龙骑之前的部下,孟章心中暗想:"奇怪,那龙灵口口声声说今日便能成功,无论敌军如何势大我方也能扭转战局,可为什么等到现在,却还迟迟不来?莫非这老儿诳我?"

此刻孟章正是心乱如麻。稍待片刻,望着远处不断退缩的防线,还有那些狂呼乱喊不知所谓的禽兽异类,孟章心中便有些哀叹:"唉,若不是因神主酣睡,不及传我神法,以你们这些贱类,如何能在我南海张牙舞爪!这些……"

正当孟章开始在心中诅咒时,只听从阵后传来一声呼喊:"主公休惊,老臣来也!托我主洪福,九婴虺已被我召唤!"

孟章闻声，惊喜回头，见阵后水灵海卒如潮水般向两边分开，中间现出一物，抬眼观时，见它体形庞硕，通天彻海，在以龙灵子为首的数名法师的驱控下，朝自己这边辗转而来！

"那是什么！"

这时借着夜空中四处乱射的神光，四渎一方也看到对面阵形大乱，三军中分处忽现一头前所未见的巨兽，分波推浪，高及云端，正对着自己这边巍然耸峙！

"那是……"

一阵风刮来，吹跑数层云霾，行动缓慢的怪兽头颅才从乌云中显现，这时包括小言在内的众人才看清，庞大如山的怪物身躯宛如巨蜥，皮肤光滑如镜，闪着青蓝色的油光。探入云中的巨首，霍然九分，细数竟有九头，居中一头卓然拔出，高居在上，目光灼灼，其余八头则众星捧月般环围四周。

细观那九头，中间一头有如巨蛇之首，细目纤鳞，巨洞般的口中蛇信吐动。周围的八面却似人脸，虽然看不太清面目，但似分了五官，巨口森然，望不见底，十分可怖。再看它身下偶尔浮起的巨爪，却又有些像龙爪。

看起来，这怪兽似蜥非蜥，似蛇非蛇，又似龙非龙，形貌十分特异，不过，虽然不知其来历，但从它身躯光滑无鳞、出了水面后行动缓慢这两点可以看出，这九首怪兽应是深海生物，也不知已经生长了几千几万年。

"难道……是九夔虺?！"

见到这怪物，大多数妖神懵懂，只有云中君、冰夷、罔象等四渎神人立即猜想出对面怪物的来历。虽然他们从未亲见，但曾从海族秘籍中得知，具有眼前这样特征的，正是十分稀有的上古神兽九夔虺！

原来，这个连云中君也只是耳闻的九夔虺，乃远古残存下来的深海巨

灵。其形龙爪蜥身,蛇头九面,相传是上古兽神相柳的遗族。

这九夔虺,身躯庞大如世间高山峻岭,自诞生之日起便蛰伏于深海,初三千年以鲸鲨为食,三千年后便不再进食血肉,而以身周海底的五行灵气为食。

因为它在五行之中最嗜火灵,往往便倚住深海的火山,探出脑袋覆在火山洞口,只要里面一有熔浆冒出,便直接吮吸品味,十分惬意。

又传它惯以海底裂缝为床,每回酣睡醒来,只一张口,便直接吞食身下冒出的地心烟气熔火。

正因这样奇特的食谱习性,历经千万年不知经过多少世纪轮回的九夔虺,受足了烟火五灵的熏陶滋补,体内又有炼化五行精华的先天神性,若是发起怒来,九头齐喷怒光,五行焰气犹如火山熔浆爆发,威力几可翻江倒海,毁天灭地!

不过,似乎无所不在的老天爷为了平衡天地人世,在赋予九夔虺无边威灵之时,却给它配了一副小胆,故它自小便生性忠厚,十分善良。

除此之外,九夔虺行动极其缓慢,每日都待在海底火山群中不想动弹。正因如此,当孟章一心想拖延战局抵挡四渎如火侵袭,想到自己几百年前偶然发现的这只九夔巨虺时,便密令自己手下最得力的臣子龙灵子,一定要想方设法将它驱赶到九井洲旁,并驱动它参战为自己助力。

虽然,自己对龙灵子能否驯服这样的远古遗兽并不抱多少希望,但看眼前情形,似乎智勇双全的老臣子不负己望,已将世间罕有的怪兽驱赶来。

且不说九夔虺现身战场中众人的心理变化,再说龙灵子。

此刻他确在为南海的利益尽最后的努力。这些天来,为了将生性胆小的九夔虺驱为己用,龙灵子试过千百种灵方秘法,要不是九夔虺真的生性纯朴忠厚,以他这样的搅扰,他这把老骨头早就被勉强算作五行精华一口吞下了。

在这样艰苦卓绝的试验中，最后龙灵子发现，只要自己舍得将那颗已经炼化了上千年的龙丹灌注五行之力，悬于九夒豼中央巨首之顶，并操纵龙丹中的五行之力，使它的成分和九夒豼心中最期待的美味五灵相吻合，再辅以龙宫操控心魂的秘法，便能通过龙丹与九夒豼心意相通，指挥它为己所用。

当然，此法说来简单，实际要成功仍是千难万难，此时不再赘述。也正因这样的操控之法，此时若有谁飞腾于九天之上，便能发现在九夒豼巨大如冰峰的头颅之上，悬着一颗鸡卵大小的鲜红龙丹，正滴溜溜地乱转，在云雾阴霾中散发着幽幽的红光。

"吼……"

战场中形势瞬息数变，战机稍纵即逝，即使此刻有蛟龙雄鹰高翔于九霄之上，也来不及去发现九夒豼巨颅之上还有颗十分细微的菁华龙丹。被龙丹引诱的九夒豼一在战场中现身，便一反常态，背倚着九井洲，九张巨口中五行光气喷薄而出，九道方圆数里的光柱雷飙电射，带着巨雷之音，包裹天地五行中最犀利的杀机朝天上海下汹涌而至，将四渎躲避不及的前锋战士瞬间吞没！

这样的剧变，就连深谋远虑的云中君也没算到。远古遗留的异种怪兽口吐的光气如此犀利，一时几无破解之法，因此四渎玄灵上下，自九夒豼喷出第一口灭绝光气之后，便只能四散逃窜，躲避无所不在的凶光狂浪，毫无还手之力。

到了这时南海龙军竟出乎意料地反败为胜，原先高歌猛进的四渎玄灵盟军，眨眼工夫便已死伤惨重，竟只有逃命的份！

此时，九夒豼光浪喷处，就连四渎玄灵最杰出的将领神灵，也只能极力

组织部卒逃避,丝毫没有反抗之力。

经过片刻一边倒的击杀,战场中所有妖神人众都已经知道,九夔虤口吐的光气犹如巨炮猛浪,威力着实巨大。飘卷百里的光飙碰到身上,只有身具莫大法力的妖神,才能勉强逃过一命。那些灵力低微的妖兽水灵,几乎在光浪及身时便立即殒命,随着攻来的光气五行之属不同,要么浑身发青被冻毙,要么全身如泥块般散碎,要么犹如遇上最炽烈的火气,在绚烂的九夔虤光华中化作白光一道,瞬间焚化消散。

"小言!"

在这样的危急时刻,趁九夔虤喷杀的间隙,云中君忽奔近小言,急急说道:"小言,九夔虤着实难挡,正面不能接近。你若仍有气力,快率精兵从侧后九井洲迂回到它身后,看看有无破解之法。哎呀!"

话音未落,一束九夔虤喷出的光气分裂而成的火苗风卷而至,从云中君脸前刮过,差点就把他的胡子烧掉了。于是等不及多说话,云中君便护着麾下众人朝旁急急避命。

见这样,小言也不多言,手一挥,领着本部人马如风卷雷袭般从侧后向九井洲薄弱之处杀去。

小言挥兵出击,四渎老龙君百忙中望了他远去的背影一眼,口里吐出刚才躲避毒火夔烟憋着的一口气,却忍不住叹道:"晦气!刚才紧急,倒忘了跟他嘱咐,成自然最好,不成也别拼死力。"

只不过,急着组织防御稳住阵脚的云中龙君,这回的担心却是多余的。带着琼容一同出发的小言,从来都能审时度势,最信奉的一条准则便是"安全第一"!

正是:

海风吹鬓寒，

浩歌惊云散。

云梦三千里，

缭乱湿飞蝉。

第十九章
长路漫漫，流波激发悲音

话说战火纷飞之间，小言领了云中君之命，仓促间带领身后几支精干骑军向左前方杀去。那方正是九井洲东北侧，乍看起来营盘稀疏，不难攻破。

冲锋的骑兵如风飙般卷出，踏海分波一路杀戮，不一会儿工夫，整支队伍便已接近南海龙军大阵。

也不知是先前被杀得胆寒，还是东北侧翼真就是薄弱之地，当小言一马当先，带着狂呼乱喝的望月犀骑、辟水苍狼，还有彭泽巴陵的水师龙骑奋勇砍杀时，一路上竟没遇上什么像样的抵抗。

敢死队般的队伍如旋风刮过，转眼就从咸涩的海水中奔上九井洲的沙滩，登上素有南海龙域"第三道门户"之称的大海洲。激动之际，少数赤脚步行奔跑的士卒根本感觉不到满沙滩碎贝石砾戳脚的刺痛。

一待登上滩岸，小言迅速朝四下望望，竟发现偌大的九井洲稀疏的林木间只有零星的堡垒木寨，蕨叶椰林之间更多的是一片片小湖。

这时天空中战火烟光如流星般拖曳，映照得这些静谧的小湖变换着各种颜色。相比岛上稀松的防御，倒是天空中布满凶恶的黑蛟，在低垂的云天中游弋流窜。看这漫天的黑蛟，想必也是南海防范有人从背后偷袭九夔虺。

此刻事情紧急,也由不得这支突击队伍细细侦察考虑。简单环顾一下四方,小言便立即挥兵穿林而过,直对着西南那只巍然天际的神兽急速前进。

暂按过小言挥兵疾行不提,再说九井洲西方的浩大战场上。

此刻战局已是一边倒的情形。威力强大的九夔虺喷吐不停,五彩缤纷的光华如瀑布般流泻百里。

光瀑飞流之处,人神非死即伤,场面十分惨烈。面对这样强大到无法形容的神怪,什么经验法术都不起作用,生与死的结局,只决定于自己离那物是远还是近。

在这一夜,所有在飞火流光中挣扎呻吟的生灵,第一次明白,也许天地间最不可抗拒的力量,仍不是自然之力。以往见地震袭来、火山喷发,那种吞噬毁灭一切的巨大力量已是超常卓绝。但现在踞海崩云、傲视遐迩的怪兽毁灭一切的能量喷薄而出,便让记忆中所有的自然伟力相形见绌。上古遗存的稀世灵兽,就像一只梦境中巨大的蟾蜍,撑天卧地,闪电般吐出斑斓瑰丽的光焰灵舌,一点点将广阔的天地吞食进肚内。

在这样无可抗拒的伟力面前,原本占尽优势的四渎玄灵顷刻间只能奔逃保命。

等九夔虺喷吐稍稍告一段落,略略歇息之时,一直战无不胜的四渎玄灵大军已向后退去三四百里。原本近在咫尺的咽喉要地九井洲,现在已遥不可及。

到了这时,所有幸存的将士,只能听从云中君的命令一边筑起临时防线,一边救护伤者。

这样仓皇撤退之时,还能稳住阵脚意图反击,还要多亏最近刚加入的赵真人。

三景道人赵真人自九夔虺出现便一直在静静观察，四渎大军稳不住阵脚开始后退时，他便挡在大军之后，施展出平生最拿手的三景法术，在苍茫的海天夜色中幻出月轮呈瑞之景、日曜洞明之景和星芒焕宝之景。

灿烂华丽的幻术一经施展，左右铺陈几有百里，照耀洞明之际，竟似能转移九夔虺的注意力。

也许是那亘古未闻的海兽在昏暗的深海待得太久，虽然自己就能喷薄出绚烂无比的光焰，但对特别明耀之处仍是天生畏惧。

赵真人施展出日月星三景法术，四渎玄灵大军逃奔之处，便灿耀得宛如星河倒泻、日月齐明，仿佛海天又回到先前水侯的神兵天闪、映如白昼的时候，只不过现在更加华美柔和。

面对雪白灿烂的所在，九夔虺竟一时迟疑，尽管龙灵子极力催逼，却仍是有些发愣，忘了攻击。

这时，先前已被杀溃的南海龙军并未乘胜追来，已失了不少士气的将士，目睹神兽之威，现在只想仗着它取胜，并不愿轻易追击。一时间，胜败倏忽变化的战场中，竟出现了相互对峙的僵局。

这时已登上九井洲的小言他们已穿过几处林木，巴陵湖的水灵跟他禀报，说刚才经过的两三个湖泊水都不深，若是骑军直接从中涉水而过，应该能节省不少时间。

听得这样的报告，小言心想此刻正在不测之地，应当速战速决，便立时下令直接从林间湖泊涉水而过，不再转弯绕行。如此涉湖而行，果然大大加快了行军进程。过了没多久，越过林木树梢观瞧，九夔虺巨大的背部已袒露在面前。

等到了这时，小言等人才看出些古怪，九夔虺巨大的背影里，有六位宽袍大袖的法师悬在半空，大约就在九夔虺腰部的高度凌空作法。

六人中中央那位,似是众人之首,小言看着还有点眼熟。

现在那人正缄口闭目,手指拈成奇怪的形状,头顶中逸出一道橙红光华,直射顶上云天。周围五人,犹如花开五瓣,簇拥着中央方位作法,个个头顶灵光闪烁,鲜艳的光束在空中弯成五条圆弧,一齐注入中间那法师头颅。

见此情形,不用明言大家也知道,只要想办法中断那六名术士作法,九夔魃巨兽便很可能失去控制,停止攻击。

"向前!"

一声令下,骑军如利箭离弦般轰然启动。谁知就在这时,陡然生变!

只不过一瞬间,热血沸腾作最后冲锋的突击队伍,每个人耳中只听呼一长声风响,便两眼一黑,身子一空,仿佛从万丈高楼失足,猛然间坠落深渊,只觉得战骑四脚踏空,直吓得魂不附体!

"这是哪里?"

突然陷落异处,神魂甫定,全都慌作一团,本能地睁大眼睛四面环顾,却只看到漆黑一片,犹如黑夜再次降临。只有壮着胆子摇动几下手臂,寒凉柔顺的感觉才让人确定,自己正落在冰冷的水里!

起初的胆寒静默过后,所有陷落之人便一齐呼喊,想确定是不是只有自己失足。

于是,在一阵喧闹得如同集市却又叽里咕噜、含混不清的嘈杂声过后,所有人大致确定,这回掉落冷水陷坑的,差不多是所有人!

"举火!"起初的喧闹过后,众人终于听到主帅冷静的声音。

听到这个指令,大家好像立时安心,队伍里能在水中施术发光的士卒,便按照军中举火规条在水中发出各色的冷光。

听得号令,紧随小言的琼容也对着手中握紧的朱雀小刃念叨片刻,让它们也亮起幽幽的红光。

灵漪儿这会儿并没有来，先前她正要跟小言一起冲出，却被一批负责保护她安危的四渎将士拼死拦住。

"这里是……"

借着次第亮起的光亮，众人终于看清了周围的景象，顿时大惊失色！

原来，也不知中了什么古怪机关，现在众人所浮之处，似是一条海水通道。往前望望，看不到头；朝后瞅瞅，也望不见出口。再朝四边看看，便发现无论头顶脚下还是四周，都是一层青黑色的水壁厚膜。

现在有光亮映照，水膜烁烁闪动，上面不停有波光竖着流过，犹如涟漪迅速扩散，转眼便消失在远处的黑暗中。

"罢了！"

目睹此景，刚才鏖战中一头烟火不及细想的少年统帅，这时才恍然大悟，想通为什么先前一路并没有遭到像样的阻挡。

原来，稳踞九井洲的南海龙军中不乏高人，正张下天罗地网，只等着精锐前来入彀。念及此处，小言后悔不已！

不过，此时不是什么后悔自责的时候，况且先前事态那样紧急，为了拯救大军，就算明知是陷阱也要硬着头皮向前，拿死马当活马医。

现在既然真被困进陷阱，那最紧要的便是想想如何突围。在这样深不可测的水阵中待久了，一来延误战机，二来那些只懂些粗浅水术的妖灵恐怕有性命之忧。

因此，转眼间小言便撇过万般杂念，和众人一起冲撞柔韧万端的水壁厚膜。未果之后，便开始在冰寒刺骨的水阵中小心跋涉，转过无数岔路，探寻脱困的路途。

无处不在的海水，透过盔甲战裙传来刺骨的寒意，冰冷晦暗的水中，似乎潜藏着无尽的敌意。一路前行时，灵觉敏锐的妖族水灵感觉到，远处朦胧的黑暗中隐藏着无数双狠毒的眼睛，正默默窥视着他们这群不速之客。

这时，队伍中微弱的光华还能带给大家一些暖意，但片刻之后等他们明白了一件事情，这仅有的光亮也被熄灭，惊恐的身心重又陷入无边无际的黑暗之中。

原来，在看似无人把守的怪阵当中，竟隐藏着专冲着光亮攻击的巨鱼！

刚刚，带着光亮前进的队伍不过行出数十步，在迷宫般的水道中摸索过四五个岔道，便忽有上百条巨大的怪鱼呼啸而出，朝着光亮之处疾扑。

伴随着一声声诡异的鱼啸和凄厉的惨叫，不过片刻工夫，原本整齐的队形便被撞得七零八落。有些皮糙肉厚的士兵被撞断了肋骨，还有不少军卒感觉到针扎一样的刺痛，显见是被什么刺扎到了！

在这阵忙乱中，有不少彭泽巴陵的水族认出刚才攻击他们的怪鱼是魟鱼。

听他们一顿诉说，小言和诸位妖族战士才知道，原来魟鱼和鲨鱼是近亲，一向有"深海鬼鱼"之名。平时，魟鱼神出鬼没，善于掩藏于海水沙地之中，可以几天几月不动；一旦发现猎物，便张开翅膀一样的宽大双鳍，在海水中犹如飞鸟般翩然而过，用尾上的毒针刺迷猎物，将它们捕获。

不过，据这些水卒说，虽然魟鱼游起来很快，但绝不会像刚才那样带着撕心裂肺的呼啸闪电般飞来。看起来，这些应该是南海军中特意训练的异种。

因此，遭遇了刚才这轮伤亡，队伍中所有光亮全都灭去，众人又陷在了一片黑暗中。没了反光，刚才还烁烁泛光的水壁便已完全看不见，周围更是伸手不见五指，如同被扣在黑铁锅底。

"嗯，虽然看不清路，但总好过被刚才的怪鱼刺杀！"

陷在一片黑暗中，虽然周围变得更加神秘莫测，但凶狠诡异的魟鱼不再出现,让众人惊心动魄之余,还是有些庆幸。

只是,他们高兴得还是过早了。

就在灭掉所有光亮,只在黑暗中摸索之时,他们发现远处竟渐有亮光,初时模糊不清,过了一阵便渐渐分明。

等飘浮到近前时,大家才发现,原来是一只只透明的发光水母在无边的黑暗中散发着缤纷的光辉,或淡绿或粉红,或鹅黄或浅紫,水母悠悠然飘在黑空中,犹如朵朵被风吹在空中的晶莹小伞。

"好美啊……"

晶彩纷华的水母飘来,许多陆地上来的士卒都觉得十分新奇,还个个在心中赞美起来,谁知转瞬之后,熟悉的厉啸之声猛又响起,数十只车轮大小的巨魟闪电般袭来,顿时又将许多人击倒!

在这之后,充当指路明灯的绚烂水母,飘近众人面前时突然爆裂。无论原来是什么光色,现在全都化作一绺绺微微泛光的绿烟,在众人周围缭绕拖曳。

绿烟显然是含有剧烈的毒素,带着某种类似烧焦杏仁的苦味,转眼就已让十几个猝不及防的士卒颓然跌倒。

正是一波未平一波又起,眨眼工夫小言他们需要照顾的伤卒又多了十几个。

于是在此之后,只要那些光色晶莹的好看水母在远处一露头,便立即被队中的法师施法销毁。结果,有毒水母死去流出的毒素,在并不宽敞的空间中渐渐飘散开来,难闻的异味萦绕左右,之后又毒倒了十几个已经受伤的士卒。

到了这时,时间似乎已过去很久。随着绿惨惨的毒烟渐渐蔓延,众人心中的焦躁情绪也越来越明显。

"该怎么办？"作为众人首领，小言此刻最为着急，心中念头急转，"要不，我一人奋力冲出？虽然刚才和孟章斗法，气力仍未恢复，但借着骒骦风神马的冲力，恐怕也能脱身而出！这样的话，我就可以先去把那几个南海术士的法阵给破掉。"

心中升起这个念头，粗想想还不错，但转念一琢磨，却发现十分不妥。

此刻自己毕竟是主帅，正是众人的主心骨，若是自己一人脱身，留着其他人困在此处，万一最后全军覆没，他实在罪无可恕。况且，南海显然早有准备，光自己一个人冲出去，恐怕只是送死。既成不了事，又没把握救大家，这样的吃亏事绝对不能干。

表面强自镇定的小言其实心乱如麻，各种念头纷至沓来，心里如同开了锅一样！

就在此时，军中那位向来少言寡语的随军谋臣罔象却忽然开口，略带些疑惑地跟小言禀告："老夫倒忽然想起一事。"

"嗯？何事？"事情紧急，小言直言相问，也顾不上什么客套礼节了。

只听罔象禀道："是这样，老夫见眼前水阵古怪，似乎前所未闻，但细究其理，却和当年九井洲主最擅长的法阵相像。这法阵，老臣记得，应该叫作九幽绝户阵。"

"九……"

听得罔象之言，小言忽觉十分郁闷，九井洲、九夔魃，还有这九幽绝户阵，似乎自己今日十分不宜这十少一的数字。

心里哀叹，小言口中却急问："老将军既知这法阵来历，不知可有破阵之法？"

"这个……"罔象略一迟疑，似有些不忍心，但最后还是无可奈何地说道，"老夫汗颜，此阵乃九井洲主绝学，从无外人知晓破解之法……不过您也不必担心,以我等战力,这九幽绝户阱一时也害不了我等性命。只要我们耐心巡查,总有一天能被我们找到破绽!"

"呃……"

罔象这颇为自信的老成持重之言一出,众人犹如大夏天当头被浇下一瓢冰水,心都凉了半截。

心烦意乱之时,几乎没人注意到罔象接下来的喃喃自语:"只是……奇怪啊,这阵法得临时催动才行。可是据老夫所知,九井洲主当年不是因罪被贬谪流放了吗? 还……"

罔象仍在自言自语,银鬃白马上的小言忍不住横剑大叫一声:"罢了!难道我张小言今日便要困绝此处?!"

经过几个月来的潜移默化,自觉十分谦卑的少年绝境中一声断喝,气势其实威猛。

就在这时,黑暗中忽有人大声惊呼:"看! 那是什么?!"

正是:

沧海谁青眼?

绝地晚波明!

图书在版编目(CIP)数据

　　四海为仙12：怪异雨师神 / 管平潮著. —杭州：
浙江文艺出版社，2021.8
　　ISBN 978-7-5339-6570-9

　　Ⅰ.①四… Ⅱ.①管… Ⅲ.①长篇小说—中国—当代
Ⅳ.①I247.5

　　中国版本图书馆CIP数据核字（2021）第126107号

选题策划　关俊红
责任编辑　张　可
营销编辑　宋佳音
封面设计　仙境 **WONDERLAND** Book design
版式设计　吴　瑕
封面绘图　谭明-ming
内文绘图　南宫格
责任印制　张丽敏

四海为仙12：怪异雨师神

管平潮　著

出版　浙江文艺出版社
地址　杭州市体育场路347号
邮编　310006
电话　0571-85176953（总编办）
　　　0571-85152727（市场部）
制版　浙江新华图文制作有限公司
印刷　杭州杭新印务有限公司
开本　710毫米×1000毫米　1/16
字数　131千字
印张　10.25
插页　2
版次　2021年8月第1版
印次　2021年8月第1次印刷
书号　ISBN 978-7-5339-6570-9
定价　39.00元